T0147564

DOS HERMANAS

En un pueblo llamado CARCERES

Ester Elena Tiernan

iUniverse, Inc.
New York Bloomington

DOS HERMANAS
En un pueblo llamado CARCERES

Copyright © 2009 by Ester Elena Tiernan.

All rights reserved. No part of this book may be used or reproduced by any means, graphic, electronic, or mechanical, including photocopying, recording, taping or by any information storage retrieval system without the written permission of the publisher except in the case of brief quotations embodied in critical articles and reviews.

This is a work of fiction. All of the characters, names, incidents, organizations, and dialogue in this novel are either the products of the author's imagination or are used fictitiously.

iUniverse books may be ordered through booksellers or by contacting:

iUniverse
1663 Liberty Drive
Bloomington, IN 47403
www.iuniverse.com
1-800-Authors (1-800-288-4677)

Because of the dynamic nature of the Internet, any Web addresses or links contained in this book may have changed since publication and may no longer be valid. The views expressed in this work are solely those of the author and do not necessarily reflect the views of the publisher, and the publisher hereby disclaims any responsibility for them.

ISBN: 978-1-4401-3258-2 (pbk)
ISBN: 978-1-4401-3259-9 (ebk)

Printed in the United States of America

iUniverse rev. date: 3/19/2009

PRÓLOGO

MARION y MAYINA, viven en CACERES, un pueblo ubicado al pie de las montañas, en algún lugar del Continente; llevando una vida tranquila, sencilla, sin ostentaciones, entre la bondad y la humildad de su gente.

Sin presentir que la vida, al entrelazar los destinos, brindará a las hermanas, una etapa diferente a su cotidiana vida.

Dándoles, experiencias jamás vividas. Enfrentándolas a hechos, circunstancias, secretos, que se aunaran para alterar su monótona existencia.

Pasaran circunstancias que les abrirán las puertas a la esperanza, al amor deseado; exponiéndolas a valorar su Fe hacia el Ser Supremo; enfocando sus valores humanos al perdón y la comprensión para aquellos que alguna vez pecaron.

Amparadas en las enseñanzas recibidas de sus padres, de unión, amor, tolerancia, respeto, trabajo y honradez, sabrán sobrellevar las vicisitudes diarias, que la vida les dará.

)(1)(

MAYINA, miraba la lluvia caer por la ventana, era de noche y hacía mucho frío, sentada en el rincón de la habitación, al lado del gran ventanal, entre la penumbra de la pequeña lamparita que iluminaba la entrada del Hotel, contemplaba como el agua corría sin rumbo en un torbellino de burbujas que flotaban a la deriva.

Allí en la soledad de la noche, pensaba que su vida era como el agua que golpeaba en el ventanal, sin derrotero, pero con las fuerzas de sus jóvenes ilusiones, deseando y esperando que la vida le trajera algún día la felicidad.

Aunque joven, sentía que los años pasaban fugaz sin alterar su monotonía. No se imaginaba que todo esto cambiaria con el correr de los días.

MARION, su hermana mayor, era la encargada del Hotel, veía a MAYINA, con ojos de tristeza y resignación, decía que soñaba cosas sin sentido, perdiendo el tiempo en fantasías absurdas, pensaba de esa manera, pues con sus años, la vida nada especial le había brindado, solo era trabajo y más trabajo.

Aparentaba tener mucha más edad, aunque de solo 35 años, no era tan bella, o joven como MAYINA; sus cotidianas labores, las obligaciones la mantenían en forma, dando lugar a una mujer fuerte, ágil, con un aire de seguridad y una especial belleza que se reflejaba en su piel suave y fresca como los pétalos de una flor.

La vida había puesto a MARION y a MAYINA en ese, pintoresco, agradable y tranquilo pueblo llamado CACERES, cerca de las montanas; que ofrecía todos los placeres necesarios para un buen vivir, aunque sin el marco agitado y sofisticado de la Gran Ciudad.

)(2)(

Cuando VICENTE y CELESTINA MANGUAL, sus padres, ya fallecidos, llegaron este lugar hacía muchos años; el pueblo invitaba y prometía un futuro para ellos y sus hijas.

DON VICENTE, hombre suave y generoso, querendón con Celestina, quien adoraba a sus hijas MARION y MAYINA. Cuando CELESTINA, dulce y comprensiva, veía a sus hijas como una bendición del Señor Dios, llenándole su cotidiana vida con sus amorosas conversaciones, niñerías, parloteos y juegos.

VICENTE y CELESTINA conformaron una buena pareja, trabajadores, ahorrativos, buenos padres, inculcándoles la simpleza de la vida, forjaron el carácter, la bondad y el sacrificio en estas dos niñas que la vida les había otorgado.

Las dos chiquillas poseían ciertas cualidades que las hacían sobresalir del pequeño grupo en la escuelita local... Con cabellos largos, enrizados, ojos grandes y oscuros y con una sonrisa angelical.

Cuando CELESTINA las contemplaba, gozaba de la dulzura que irradiaban, pero había en ella algo que la hacía sufrir. Algo, de su pasado que ocultaba y volvía como una mala sombra; lo cual no quería recordar.

Ella sabía que la vida tarde o temprano la expondría a ese dolor ¡Eso la hacía estremecer, y la llenaba de angustias!.

)(3)(

En la soledad de la noche, seguía en trance mirando la lluvia caer envuelta en la magia de sus sueños y no advirtió la llegada del último colectivo de la noche. De éste, descendió un pasajero que se apresuró a entrar al Hotel; se acercó a MAYINA y pensando que dormía con suave voz, le habló al mismo tiempo que ella despertaba de su encantado sueño. Sorprendida lo saludó, pidiéndole disculpas por su comportamiento, lo cual hizo que los dos sonrieran y toda ruborizada le preguntó ¿busca o necesita algo?.

Su nombre era MARIANO AVOLEA, buscaba albergue por unos días. En el pueblo le habían informado que en el Hotel del fallecido VICENTE MANGUAL, administrado por sus dos hijas, encontraría lugar, limpio, decente y barato.

Lo contempló, <pensando> ¿Qué había venido a hacer por el pueblo un hombre tan elegante?, no era un lugar donde concurrieran muchos visitantes, sólo uno u otro que pasaba hacia la ciudad o hacia las montañas. El, era diferente, tenía aire de intriga, era buen mozo, vestía bien y sus maneras eran delicadas y cordiales .Al registrarse indicó que venía de la ciudad de WENDARRAL, ubicada en la Gran Ciudad, cerca del puerto; y que su profesión era la de Abogado

"Sintiendo voces, MARION que estaba terminando de cerrar y controlar que todo quedara listo y en orden para el día siguiente, se asomó a la sala; al ver al viajero, que presentaba rasgos de un largo viaje, se apresuró a recibirlo y ofrecerle algo de comer.

Una vez que el visitante se retiró a su habitación, MARION, mirando a su hermana <dijo "me gustaría saber el motivo por el cual este hombre ha venido al pueblo de CACERES, su apariencia es muy formal, muy elegante, bien parecido, pero hay algo en su mirada que me dice muchas cosas más".

MAYINA que no salía de su asombro, soltó una carcajada y le contestó:" ¡Resulta que ahora hasta puedes ver, el futuro en las miradas de la gente"! Prefiero seguir con mis incurables sueños! ¡Buenas noches MARION!

Diciendo esto, corrió las cortinas de la ventana grande, cerró la puerta de la entrada y antes de retirarse, guardó en la pequeña caja fuerte, lo recaudado en el día por el comedor y el Hotel.

Caminando hacia su habitación, sentía como la lluvia y el viento, golpeaban con furia.

La llevó a pensar "la lluvia al caer con tanta intensidad, limpia, arrastra las impurezas que son depositadas en el cauce del río". ¿Porque el ciclo de la vida humana no era como el ciclo de la naturaleza, en donde todas las cosas malas, podían limpiarse con una buena ducha?

Entró a su habitación con una sonrisa, pues nada se le escapaba para darle razón a su imaginación.

Mientras se preparaba para pasar la noche, su pensamiento le recordó al recién llegado, su curiosidad la llevaba a pensar el porqué de su visita, cuantos días estaría y con muchas más preguntas, se fue hundiendo en el manto del sueño, dando gracias por lo que la vida le había dado, sonriendo de lo curiosa que era y de las cosas que se le ocurrían.

Se despertó al sentir el canto de LORENZO, un viejo gallo, del cual no sabía cuantos años tenía, pero que todos los días, a la misma hora decidía practicar su canto. El aroma del café, del pan tostado , la sacó de su letargo.

La mañana ya prometía un día con sol y brillante. Cuando finalmente salió de su cuarto, se dirigió muy rápidamente hacia el comedor.

Allí MARION, tenía casi todo preparado para el desayuno y TERESA, la fiel y única empleada que les ayudaba, disponía de las mesas

Diariamente se preparaba todo el comedor, pues eran muy bien conocidos en los alrededores, los deliciosos desayunos con café, chocolates y panes recién sacados del horno de la Hostería de las Hermanas MANGUAL.

)(4)(

Como todas las mañanas, MAYINA comenzó su día, sirviendo a los clientes, que esperaban : el delicioso café caliente con leche, el espumoso chocolate humeante, acompañados de los famosos biscochos con anís, las tortitas de grasa con chicharrones, crocantes, calentitas, que TERESA con tanto amor, horneaba todas las mañanas para el deleite de todo aquel que las paladeaba, dando al afortunado el sustento necesario para afrontar la larga y fría jornada.

El Hotel era el lugar ideal para comenzar el día, allí se congregaban temprano por las mañanas, todos a los les gustaba discutir los acontecimientos que sucedían, desde la iluminación de la Plaza local, sobre el gobierno, los gastos de la intendencia, hasta la película que se vio en el Cine la noche anterior, cuántos cochinitos parió la chancha del comisario, o si la vaca de los CORTEZ, comía alimento verde o seco.

Todo era criticado en el más cordial tono, entre risas y cargadas, pero con la intención de mantener, cuidar y defender la vida pueblerina que tanto amaban.

El Señor AVOLEA, saboreaba su café, leyendo unos papeles que lo mantenían ocupado, sin intervenir en las conversaciones de los lugareños ya que todo aquello era ajeno para él.

La curiosidad de MAYINA la llevó hacia su mesa, ofreciéndole más café, el cual aceptó sonriéndole, con tono muy amable, casi con aire de coqueteo le preguntó si había pasado una buena noche, si la habitación le resultó cómoda, si había pasado frío o si lo habían despertado los cantos de LORENZO, el gallo.

A lo que él respondió con una sonrisa,"todo esta bien, gracias"; al ver que ella discretamente dirigía su mirada a los papeles, los dobló y guardó en el maletín que estaba en la silla junto a él.

Viendo que su curiosidad había sido descubierta y que nada pudo averiguar, se alejó, hacia otras mesas, sintiendo que su mirada la seguía por el comedor hasta hacerla ruborizar.

Esta mañana había más clientes que de costumbre, el colectivo de la noche había dejado varios turistas, un grupo de religiosas, que en su mayoría eran monjas y ancianas, iban al Monasterio en las montañas, entre ellas se encontraba un sacerdote que se destacaba del grupo por su juventud. También, sentados había un grupo de cazadores, que parloteaban en el mesón grande del local.

MAYINA al observar los dos grupos, imaginó que uno representaba a la vida o a la creación y el otro a la muerte o a la destrucción.

Con el pasar de la mañana, el comedor quedó desolado, sólo el ruido de los platos, tazas y copas, al ser lavados; y el murmullo que venía de la cocina, en donde se preparaba la comida para el almuerzo.

Durante esta jornada se pudo saber que las monjitas venían a un retiro espiritual, acompañados por el Padre TOMAS, quien después del retiro, tenía una entrevista con el Párroco local.

Desde su llegada al pueblo; el sacerdote había quedado encantado del lugar y aunque él, fue criado en la Gran Ciudad, no dejaba de ponderar la tranquilidad y la generosidad de su gente.

Una de las monjitas, contó a MAYINA, que el Padre, fue hallado en la puerta del convento, hacía unos 27 años y que ellas lo habían criado con todo amor, forjando un hombre de alma buena y que ellas querían como a un hijo. Que su vida había pasado en el convento y aunque a ellas les causara pena, era tiempo que conociera algo más que la Gran Ciudad.

Supo también, que los cazadores iban a un torneo de tiro, en la montaña, el cual se celebraba todos los años para esta época, dando premios y galardones a los ganadores, que llegaban a competir.

)(5)(

Estaban terminando de ordenar el comedor para el mediodía, cuando MAYINA encontró debajo de la mesa, cubiertos por el mantel, unos papeles en la mesa que estuvo desayunando el Abogado AVOLEA y el cual ya se había marchado

Los levantó y con curiosidad trató de ver que decían, pensando que finalmente podría saber algo más de este caballero; con desilusión comprobó que eran hojas con muchos números, los cuales no le decían nada de lo que ella esperaba, sólo mencionaban algo en la Zona del Bosque. Pensando que podrían serle útiles, salió apresuradamente en su busca. Lo vio conversando con Don JAVIER, el taxista del pueblo; al acercarse escuchó que le preguntaba dónde quedaba la Zona del Bosque. Don JAVIER desdobló un mapa de la región y poniéndolo sobre el capó del auto, le indicó dónde quedaba.

Ya iban a partir cuándo divisó a MAYINA, la que se dirigía corriendo hacia él muy agitada, pues había corrido para alcanzarlo. Entregándole las hojas, <comentó> "las encontré debajo de la mesa dónde Usted desayunó y pensé que las podría necesitar".

MARIANO, al tomar los papeles, sonriéndole <le contestó> "¡Muchas Gracias, pertenecen a un proyecto a realizar y realmente le agradezco la atención que me ha dispensado!" Al despedirse, la miró intensamente, de una forma muy particular, que la hizo ruborizar y que ella, interpretó como un cumplido.

Viendo el automóvil alejarse velozmente en dirección hacia la zona de la montaña; permaneció en el lugar hasta que se perdió en la lejanía del camino dejándola envuelta con sensaciones que nunca había sentido, pero que la hacían feliz.

De regreso hacia el Hotel, presintió que alguien desde la distancia la observaba, se dio vuelta y no vio a nadie, sólo algunos niños que corrían hacia la plaza; apuró entonces el paso, en dirección al lugar..

AL pasar de los días, el Abogado AVOLEA, continuaba con su diaria rutina del desayuno y de la cena; durante el día lo pasaba en la Zona del Bosque.

MAYINA, aunque lo disimulaba, la curiosidad la acosaba día y noche <pensaba> por alguna razón especial este hombre había llegado de la Gran Ciudad; y del cual casi nada sabían, pero les había traído suerte"; el Hotel trabajaba más día a día y ella presentía, que con él, una nueva etapa en sus vidas, comenzaba.

)(6)(

Ya se sentía el cambio de la temperatura, las mañanas frescas, los cielos claros y límpidos, el aroma de las hierbas de la Montaña que al brotar con la calidez del sol, emanaban su fragancia por el valle, regalando a raudales sus perfumes, anunciando la estación de las flores, las frutas frescas, de la renovación de la vida y del amor.

Por las tardes, después de los rutinarios quehaceres, cuando el tiempo se los permitía, las dos hermanas se reunían para discutir los pormenores del restaurante y del hotel.

Se avecinaba la nueva temporada y tenían que decidir sobre la nueva construcción para ampliar el comedor, emplear por los menos dos personas más, para que ayudaran a TERESA; resolver la decoración de los dormitorios y gastos en general.

MAYINA, confiaba plenamente en su hermana y estas reuniones realmente la aburrían; lo que ansiaba era que su hermana encontrara alguna relación sentimental, así no tenía que escucharla y decidir por cosas que ella no entendía.

Su frustración era palpable, aunque había tratado varias veces, todo había sido inútil. Veía a MARION muy solitaria, viviendo sólo para el negocio, olvidándose hasta de su propia vida. Necesitaba, alguien que la acompañara, mimara y quisiera. Hasta su personalidad había cambiado, vestía con simpleza, cuando en realidad era bonita, atractiva y elegante.

Para ella, la vida era un cúmulo de bondades, como un enorme ramillete de flores, sabía que en algún lugar, se hallaba alguien que vendría por ella, la enamoraría y sería feliz. Lo presentía, lo soñaba, imaginaba que todo llegaría algún día; pero veía la ausencia de estos sentimientos en su hermana mayor.

Habiendo terminado MARION con la reunión, MAYINA, decidió salir a caminar y dar una vuelta por los alrededores de la casa. Era un atardecer hermoso; en donde las sombras de los árboles que bordeaban la propiedad danzaban al vaivén de la brisa. Al contemplarlos, recordó que habían sido plantados por sus padres, cuando llegaron al lugar y ahora brindaban día a día sus sombras y el aroma de sus flores, especialmente a esta hora, en donde se unían con los perfumes que venían de las montañas y de las flores del jardín, completando el encanto y la magia que ofrecía el lugar. MAYINA, entrecerró sus ojos, y aspiró tan hermoso aire, llenándose de frescura y de una incomparable paz.

Decidió sentarse para contemplar la llanura, las montañas, todo aquello que era lo único que conocía, que reconocía tan suyo y la hacía sentirse protegida y feliz.

Se encontraba absorbida en sus pensamientos, cuando sintió pasos, que se acercaban en su dirección. Comprobó que era DARIO, el hijo de TERESA, quién había nacido unos meses antes que ella. "Hola mariposa <la saludó>. La llamaba así desde que eran niños y jugaban juntos. Decía que las mariposas eran suaves y delicadas, pero inquietas y saltarinas; aunque eran frágiles; poseían enormes ganas de vivir. Así la veía a ella, llena de vida, hermosa, dulce como el néctar de las flores. Se querían como hermanos, ya que se habían criado juntos, ido a la misma escuela compartiendo alegrías y tristezas. Decían que DARIO sentía algo muy grande por ella, diferente al cariño de hermano, pero la gente no sabía lo que a ellos los unía.

)(7)(

"La vida era placentera, llena de ilusiones con sueños; dónde la imagen de sus padres, eran los pilares de sus vidas",<recordaba MAYINA>.Ellos las habían mimado, criadas en el círculo del amor, trabajo, honestidad y bondad. Muy poco recordaba ella de aquel terrible día; cuando sus padres fallecieron. Sólo le había quedado la pena y la desolación de aquellos terribles momentos.

La pérdida de esos dos seres tan queridos las había dejado a merced de la vida sin la protección y el rumbo que ellos les daban .Fueron tiempos muy difíciles para las dos, poco a poco fueron saliendo del triste letargo en que quedaron y con la ayuda de TERESA y DARIO, continuaron con el negocio que sus padres con tantos sacrificios habían comenzado.

Su hermana MARION sin pretenderlo; por ser la mayor, asumió la responsabilidad de continuar ofreciendo albergue. y TERESA, la fiel empleada, quién fue que las cobijó y las amparó con su cariño en esos terribles tiempos, hicieron que aquel pequeño albergue se convirtiera en lo que hoy es; un hermoso hotel.

DARIO era un hijo bueno, respetuoso, trabajador y honesto. Había nacido unos meses antes que MAYINA y desde que eran niños, cuidaba de ellas como si fuera su hermano. Ayudaba desde hacia muchos años, llegando a conocer todos los pormenores del negocio; lo que las hermanas agradecían con una confianza absoluta, dejándolo encargado con todo lo relacionado al manejo del mismo.

Con ellos, MARION y MAYINA se sentían seguras, tranquilas; sabiendo que tenían personas buenas de las que dependían a diario, que las acompañaban, ayudaban y apoyaban. Estos dos seres, han sido la fuerza que ellas necesitaban para continuar y sobrevivir; sin su ayuda todo hubiera sido muy diferente.

La llegada de la nueva estación, trajo nuevos turistas y mucha gente que buscaba trabajo; muchos de ellos deseosos de salir de la Gran Ciudad. No había habitaciones disponibles en el hotel; el comedor trabajaba completo mañana y noche, una lista de reservaciones indicaba que se trabajaría completo por los tres próximos meses.

MAYINA, siempre encontraba la manera de entablar conversación con los turistas; varios le dijeron que en la Zona del Bosque había florecido una empresa muy grande que abarcaba desde la minería a la agricultura; alguien había llegado al lugar, invertido en tierras, las cuales ya habían empezado a producir; buscaban mano de obra, gente que trabajara y pensara radicarse en los alrededores.

Esto conmocionó el lugar, en el desayuno diario, sólo se hablaba de lo importante que era esto, las oportunidades para los habitantes del pueblo y los beneficios que todos recibirían con este enorme proyecto. No se sabía quién era el benefactor que había producido este cambio. Se pensaba que era una compañía extranjera, o que eran unos árabes con mucho dinero o que alguien había realizado su sueño, al ganar la lotería. En fin, diferentes opiniones, que no conducían al verdadero benefactor y que todos trataban de averiguar .MAYINA, pensó que el Abogado AVOLEA, tenía algo que ver en todo esto; aunque él, no era muy comunicativo; ella encontraría la manera de preguntarle.

Durante todo el día ese pensamiento le giraba en su cabeza, cuando tuvo un momento libre se lo comentó a MARION. Después de escucharla, <le dijo> "mientras respete la reglas del hotel, pague a tiempo; lo cual hacía; no era problema de ellas; y le pedía que aunque su curiosidad era grande, se abstuviera de comentarlo; y si era el Abogado, ya el tiempo lo diría, mientras tanto, ellas no debían intervenir para nada, dedicándose sólo a su trabajo, que era bastante últimamente".

A MAYINA no le gustaba que su hermana la regañara, le hacía daño; ella no entendía su curiosidad, el deseo de averiguar las cosas. "Tu eres muy joven todavía, en este negocio, debemos ser sordas a lo que se dice a nuestro alrededor" <continuó>, el Abogado llegó de WENDARRAL; allí la gente es buena y tranquila; cuando yo estuve por mis estudios, conocí mucha gente en esa ciudad, buenas familias, finos y acaudalados".

Su hermana era de pocas palabras, casi nunca hablaba del aquel tiempo que pasó en la ciudad; en realidad, jamás hablaba de otra cosa que no fuera relacionada al negocio; por eso al escucharla le sorprendió y le encantó el comentario.

Quería saber más al respecto, pero MARION, con gesto de desdén, <le contestó>, "se está haciendo tarde, en otro momento te contaré más".

)(8)(

Estaban terminando de arreglar el comedor para el almuerzo, cuando llegó el Padre TOMAS, al cual no veían desde hacía varios días; con gran excitación se acercó a saludarlas y a comunicarles que: "desde éste momento pertenezco a la Capilla Del Niño, ha llegado, hace unos minutos, mi transferencia, lo cuál me llena de de enorme dicha. Era su primera asignación cómo sacerdote y aunque extrañaría a sus monjitas adoradas; el saber que viviría en el pueblo, al cual llamaba EDEN, por su encantadora belleza; lo llenaba de una alegría incontenible.

MARION y MAYINA, recibieron la noticia con mucho regocijo, sabiendo lo que esto representaba para él. Abrazándolo, lo invitaron a celebrar tan hermosa noticia, sirviéndole un tazón con caldillo casero, especial para dicha ocasión. Era joven, lleno de vigor, deseoso de ayudar, ahora que el Padre JACOBO, el más anciano de los sacerdotes, ya no podía oficiar misa o hacer mucho en la capilla, con los años, sus ojos y su memoria se habían ido apagando y últimamente se la pasaba rezando o visitando a los enfermos. El fue el primer sacerdote que tuvo el pueblo de CACERES, llegó hacía muchos años a este lugar, " Con el propósito de salvarlos de sus pecados", cómo siempre decía. Fue él, que trajo la palabra del Supremo, quien construyó la Iglesia, con la ayuda de todos los pueblerinos de aquella época, la cual hoy, refleja toda la FE que pusieron en construirla, dando al pueblo el orgullo de su grandeza y sencillez. Un tiempo después, llegó el Padre STANISLAUS para ayudarlo, como Párroco Principal, quien representaba la imagen de la confidencia, candor y dulzura, siempre acompañado de su sentido del humor y de su buen apetito. Había nacido en Grecia, lo cuál le daba un aire místico, trayendo con su sacerdocio, costumbres diferentes a las locales, las que fueron aceptadas por el pueblo; pero lo que más los acercaba a él, era su generosidad, rectitud, el amor que profesaba, su sencillez y su paladar. Para él, la más simple comida, era el manjar más exquisito. Su simpleza, el calor humano que regalaba, lo hacía una persona muy especial.

Con tantos nuevos turistas y visitantes, TERESA y DARIO comentaban la necesidad de más ayuda. Ya les era imposible terminar sus labores diarias, con tal motivo MARION decidió que había llegado el momento de tomar los empleados que habían discutido tiempo atrás.

Esto recayó en SARA y CARMELA, que bajo la dirección de DARIO se encargarían de las habitaciones y la lavandería, dejando así a TERESA, para que continuara creando sus diarias delicias para regocijo de la clientela.

Las dos nuevas empleadas, también ayudarían en el Restaurante, cuando las necesitaran; eran buenas mujeres, bien recomendadas, aunque CARMELA, era la única que requería más atención; ya que era muy parlanchina, interesada en lo que sucedía a su alrededor. A veces sin quererlo se manifestaba con desdén y malicia, hacia los rumores que circulaban, los cuales eran bastantes en los últimos días.

)(9)(

LA mañana amaneció nublada y con mucha lluvia y viento; la lluvia golpeaba con la fuerza de un monzón, inundando el valle, caminos y todos los terrenos bajos que nacían desde el pie de las montañas Durante el desayuno el Abogado AVOLEA comentó a MARION que debido a que su estadía se estaba prolongando más de lo esperado había comenzado a buscarse vivienda y coche para comprar. Al regresar para la cena, quería hacerles unas preguntas al respecto, pero como Don Javier, el taxista, ya lo estaba esperando para llevarlo a la Zona del Bosque, como lo hacía todos los días, terminó su desayuno y partió apresuradamente.

Aunque el pronóstico decía que pararía de llover por la tarde, daba la impresión que el cielo se había enojado y que ésta continuaría por mucho más; de todas maneras, en el restaurante, se preparaban para el almuerzo y la cena, como lo hacían todos los días.

Entre los refuciles, truenos y relámpagos, llegaron el Padre STANISLAU y el Padre Thomas quienes sacudiéndose las sotanas, entraron por la puerta que daba al patio central. Refunfuñando por la tormenta que el Señor les había mandado; se acercaron al mostrador para comentarles que unos feligreses que se habían guarecido en la Iglesia, les informaron que al pasar por la zona del El Durmiente, divisaron el auto de Don JAVIER, detenido a un costado del camino. No pudieron acercarse, pues el río se había desbordado y les fue imposible acercarse hasta donde éste, se encontraba.

DARIO, al escuchar lo que sucedía, se ofreció a ir, para darles ayuda; aunque estaban en una zona en dónde las inundaciones eran

21

muy peligrosas y el río bajaba con mucha intensidad, trataría de llegar al lugar a caballo. Algunos comensales se ofrecieron a ir con él para el rescate, en sus cabalgaduras; y otros en el camión para llevar lo que pudieran necesitar.

Estaban con los preparativos, cuando llegaron el Agente NICOLAS PUERTA y el Comisario FEDERICO CARUSSO; quienes inmediatamente se ofrecieron también a colaborar con ellos. Cargaron lo necesario en el camión y partieron; no sin antes, aceptar unos tragos fuertes, para sobrellevar la tormenta y el frío.

MAYINA, ajena a lo que sucedía, observaba la lluvia caer; lo cual hacía desde que era muy pequeña. En su inocencia, todo era mágico y fascinante. Para ella, eran como hilos de plata encantados que venían del cielo, rociando con su dulce néctar, la tierra; desbordando sus bordes como chocolate, en una gigante torta .Permaneció allí, ante la ventana por un largo rato, hasta que MARION, se le acercó, rompiendo el encanto de sus pensamientos.

Al comentarle lo ocurrido, MAYINA la miró con angustia y miedo; MARION abrazándola, <le dijo> "todo saldrá bien, no te preocupes; debe ser un desperfecto en el coche, ya verás; dentro de unas horas estarán de regreso", la tranquilizó y dándole una pequeña palmadita en su carita de ángel, se retiró hacia la cocina.

Al pensar que el Abogado y Don JAVIER, se encontraban aislados por la tormenta, expuestos a las peligrosas inundaciones, la llenó de angustia.

No quería pensar cosas desagradables, pero algo en su interior le decía que sus vidas estaban en peligro. En los últimos días, el presentimiento de que eran observados, vigilados, aunados con la llegada, de mucha gente desconocida al pueblo, le daba intranquilidad y miedo. Recordó, entre ellos a un grupo, que llevaban sombreros y lentes grandes para el sol, sacos gruesos como de cruzar las montañas, lo que le llamó la atención, ya que no había sol y no hacía tanto frío para vestirse así; dándole la impresión que no querían ser reconocidos o que a lo mejor ocultaban algo.

Hubiera querido comentarle esto a MARION y a DARIO, pero mejor sería esperar.

)(10)(

EN la comisaría había quedado el Cabo Primero MARCELO ARONCA, para atender cualquier situación que se presentara... La población en el pueblo había crecido en los últimos meses, pero todavía mantenía su ritmo tranquilo y normal.

Al conocerse la noticia, algunos se habían arrimado a la Iglesia a preguntar, pero el Padre STANISLAUS, como no sabía lo que en realidad había pasado, no les podía comentar, sólo les pedía que oraran para que acompañaran así al grupo que había ido al rescate La tarea no iba a hacer fácil, las aguas eran muy turbulentas, la corriente arrastraba piedras con una intensidad increíble, peligrando que alguien se accidentara o cayera en las crecidas aguas. En el hotel, se habían reunido varias personas con el fin de ayudar o saber que noticias tenían.

Las horas iban pasando muy lentamente y aunque la lluvia había cesado, aun quedaba el viento fuerte; se observaban algunos nubarrones que se iban alejando en dirección al Sur.

La claridad el día se iba apagando, dando lugar al atardecer con el arco iris que enmarcaba la belleza del cielo con el llano, pareciendo que flotaba, al compás de la feroz corriente. La ansiedad se podía palpar entre los reunidos por saber algo de lo ocurrido, haciendo la espera más prolongada.

Con cautela, el grupo a caballo, se dirigía hacia la zona en donde se había reportado ver al automóvil, la inundación había subido al límite de los campos altos; el espectáculo era impresionante, era, como si un enorme lago hubiera brotado y cubierto todo aquel sector, sólo se veían

algunas copas de árboles que soportaban con estoico valor; la corriente
.El camión, avanzaba muy lentamente, con dificultad, por el camino, que en partes había desparecido, haciendo más peligroso el recorrido.

Finalmente, después de varias horas, pudieron llegar al paraje El Durmiente, en dónde divisaron al automóvil, que protegido por unos barrancos, estaba a salvo de la corriente. La lluvia había cedido, sólo quedaban algunas nubes que pasaban rápidamente hacia el horizonte; y el rugir del agua que corría sin control hacia el valle.

DARIO, que encabezaba el grupo se acercó, llamando a Don JAVIER y al Abogado, pero nadie le respondió. Vio que el parabrisas estaba cuarteado en mil pedazos, al acercarse, con horror comprobó que los dos, estaban heridos, sangrando muy profusamente.

Abrió una de las puertas traseras del automóvil y al tocarlos, sintió que estaban con vida. Con gran rapidez y habilidad envolvieron los cuerpos con frazadas para protegerlos del viento, que seguía siendo muy fuerte. Rogaban para que tuvieran tiempo necesario para llegar a la Clínica, a tal fin, trasladaron a los dos heridos a la parte de atrás del camión, donde ya tenían unos acolchados preparados .Comprobando que las heridas, fueron causadas con armas de fuego y no por un accidente causado por la tormenta.

EL viaje de regreso al pueblo lo harían por el camino que bordeaba unos cerros, así llegarían más rápidos y seguros. Cuanto éste partió, el Comisario CARUSSO y el Agente PUERTA, se dirigieron a investigar más sobre lo ocurrido. No cabía duda, los habían baleado. El automóvil, presentaba marcas de rifle de largo alcance, en el parabrisas y las puertas. Se preguntaban cuáles serían los motivos, pues lo habían echo a matar, pero la lluvia y el viento hicieron errar al asesino. Don JAVIER tenía heridas en los hombros y piernas, y el Abogado, en la cabeza, brazos y costado del cuerpo.

Una vez finalizada las pericias se reunieron con el resto del grupo a caballo, que iban vadeando el río, llegando casi al anochecer al pueblo. Se dirigieron directamente hacia la Clínica del Doctor ACUNA, para informarle lo sucedido.

El pueblo no tenía Hospital, él, era el único Doctor en la zona, quien atendía los partos, quebraduras, cortes y demás; para casos mayores, debían viajar pasando la Montaña al Hospital de la Gran Ciudad .Inmediatamente, se movilizó al personal para recibir a los dos heridos; el Doctor, mandó un aviso al Hospital pidiendo con urgencia la ambulancia con Doctores y Especialistas, por si esto fuera necesario.

Cuando arribó el camión con los heridos, ya se había congregado en la entrada de la Clínica, un gran grupo de personas, las que querían saber sobre lo ocurrido y en que estado los heridos se encontraban. Angustiados, no podían creer que fuera Don JAVIER, tantos años con su servicio de taxi, y ahora era la inocente victima del atentado.

)(11)(

DARIO, cuando pudo regresó al Hotel; el rescate le había llevado varias horas, estaba cansado, mojado desde la cabeza a los pies, necesitaba cambiarse de ropas, tomar algo caliente; sentía que el viento helado, se le había penetrado en los huesos.

MARION y MAYINA, lo esperaban ansiosamente. Al verlo y saber lo ocurrido, salieron apresuradamente hacia la Clínica, que quedaba a unas cuadras de allí. Al llegar encontraron mucha gente esperando noticias; entraron por la puerta de Emergencia; allí encontraron al Comisario, quien les informó, que Don JAVIER, solo tenia laceraciones en ciertas partes de su cuerpo; y que se esperaba se recobraría sin mayores problemas, en cuánto al Abogado MARIANO, tenia varias heridas de balas; una en la cabeza, muy profunda. En eso el Doctor entró a la sala; al verlas, se acercó a saludarlas. Con angustia le preguntaron como seguía el Abogado, ya que sabían que Don JAVIER estaba fuera de peligro. "Su condición física es muy delicada, ha perdido mucha sangre y sus signos vitales están muy bajos y débiles, <les dijo>; no es prudente trasladarlo al Hospital, por el momento; presenta heridas en dónde las balas han hecho impacto muy cerca de órganos vitales, lo que hacia más peligroso moverlo, <continuó>; él le había administrado los primeros auxilios y en esos momentos descansaba sedado, para impedir cualquier movimiento que le produjera mas perdida de sangre.

Todo esto, perturbaba a MAYINA, que no alcanzaba a comprender lo que había ocurrido; sentada en un sillón de la sala de espera, sentía pena por Don JAVIER y especialmente por MARIANO, que no tenia quien lo cuidara en éstos momentos.

Se estremeció, al pensar si algo malo le pasara, pero lo que realmente no entendía ¿porqué, le afectaba tanto lo ocurrido, de ésta manera?

En eso el Comisario se les acercó, rogándoles que volvieran a sus casas. "Por el momento, no se podía hacer mas y cualquier cosa que pasara, él, se los comunicaría inmediatamente".

MAYINA se ofreció a pasar la noche cuidando a MARIANO, pero el Comisario, agradeciéndole el gesto, <dijo> "El Padre STANISLAUS y yo, nos quedaremos en guardia, por si el Doctor nos necesitara".

Lo que pidió, fue voluntarios para salir por la mañana en busca del automóvil; quería examinar todo lo que le pudiera indicar los motivos de lo ocurrido.

El Padre THOMAS con MARION y MAYINA, se encaminaron hacia la Iglesia a orar por la recuperación de los heridos. Una vez concluidos los servicios religiosos y en camino hacia el Hotel, MAYINA comento a MARION, sobre el grupo de personas que había visto; él porqué le había llamado la atención y las razones que tenia para pensar así.

MARION, como MAYINA esperaba, comenzó con el sermón de costumbre de nunca acabar; al cual ya estaba acostumbrada y aunque su hermana no le creyera y se fastidiara, "Ella, hablaría con uno de los sacerdotes o con el Comisario; su intuición le decía que el grupo tenía algo que ver con lo sucedido".

)(12)(

La noche ofrecía una cálida brisa donde las estrellas brillaban en todo su esplendor. Era la hora de la cena y al llegar de la Iglesia al restaurante, las hermanas encontraron a DARIO, muy ocupado, tratando de atender los clientes que esa noche llenaban el comedor.

En la antesala del restaurante, pacientemente esperaban ser sentados algunos comensales; parecía que lo sucedido ese día en el pueblo, les había abierto el apetito. SARA y CARMELA, en la cocina, ayudaban en la preparación de los platos, bajo la supervisión de TERESA, quien daba el toque mágico a cada uno, para el placer de los comensales. Degustando sus sabrosas comidas, analizaban los pormenores de los ocurrido ese día; sorprendidos que algo así, hubiera pasado por esos lugares. Manifestando sus temores, desconcierto y en general la inseguridad que se vivía en los últimos tiempos en el valle, la que había aumentado con la llegada de numerosos visitantes al pueblo.

Siendo casi la medianoche, cuando los últimos comensales abandonaron el comedor y mientras las empleadas dejaban todo listo para el próximo día, las hermanas, decidieron cerrar el comedor por la noche.

Mientras, MARION, controlaba las boletas, comentó a DARIO, lo que MAYINA le había confiado. También a él le llamó la atención el mismo grupo de personas; pero como en las últimas semanas había llegado tanta gente, por el torneo de tiros que se celebraba en la montaña y la kermés en el pueblo, no le dio mucha importancia. Insinuó que se debían tomar precauciones; estar atentos a los concurrentes que entraban y salían del Hotel; ya que el negocio era un lugar vulnerable

29

para esta clase de personas; además, notó entre los comensales que cenaban esa noche, mucha inquietud por los sucesos ya mencionados.

Esa noche, el sueño no llegó para MAYINA; la tragedia de lo sucedido la había desvelado. Levantándose de la cama y tomando su abrigo, se dirigió hacia la cocina. Necesitaba una taza de té, que le calmara los nervios y la angustia.

El silencio reinaba a su alrededor, sólo se escuchaba el acompasado sonido de los tic tac del reloj grande en el comedor. Una vez preparado el té, se sentó en una de las mesas que allí había; aspirando el aroma acogedor que emanaba del caliente líquido, comenzó a beberlo, dándole la cálida sensación que ella esperaba. En la soledad del comedor, sus pensamientos giraban sobre MARIANO y cuáles podrían ser los motivos de dicho atentado.

En realidad; no sabía mucho de su vida o de su pasado. Era cortés, amable, respetuoso; le agradaba su forma de hablar, de sonreír; también su postura al caminar y su gusto para vestir. Sin poder explicarlo, una extraña sensación se había apoderado de ella, acelerando los latidos de su corazón; y el deseo enorme de correr a su lado. Pensaba, en Don JAVIER; victima inocente de esta tragedia; quien era un buen hombre, conocido por todos. Vivía en las afueras del pueblo, desde hacia muchos años, con su esposa DORITA y sus hijos AGUSTIN y LUCIANO.

Sumida en sus pensamientos, no se dio cuenta que, la mañana había despertado, trayendo la claridad del nuevo día; la que entraba, por los grandes ventanales del comedor.

Cansada, letárgica, soñolienta por ese deseado sueño; decidió regresar a su habitación.

Cuando bajó para desayunar, comprobó que no fue la única que; no hubiera dormido ésa noche. Los que desayunaban presentaban rasgos de haberse pasado la noche en vela y reponían sus energías ante un suculento desayuno.

En contraste del resto de los días, esa mañana todos permanecían callados y sombríos, embebidos en sus propios pensamientos; envolviendo al comedor en un inusual silencio.

Los Padres STANISLAUS y TOMAS, demacrados y ojerosos; comenzaban sus mañanas muy temprano, habiendo ofrecido ya, su primera misa y visitado la Clínica, curaban su soñolencia y cansancio con huevos revueltos con panceta, café con leche y tostadas de pan casero. Informando que Don JAVIER se reponía favorablemente y se sentía un poco mejor; pero, que al Abogado MARIANO, lo habían operado a la madrugada, cuando llegó la ambulancia y aunque su estado era crítico; habría que esperar; y que El Supremo decidiera.

)(13)(

Con el correr de las horas, Don JAVIER respondía satisfactoriamente al tratamiento. De continuar así, en unos días sería dado de alta .DORITA su esposa; quien había pasado la noche en la clínica, reflejaba signos de cansancio y de preocupación; al tener información de su recuperación, decidió regresar a su casa y compartir con sus hijos tan grata noticia..

Notificado el comisario CARUSSO de su mejoría, se dirigió a su habitación para saludarlo y poder hacerles algunas preguntas. Mientras comentaba lo que recordaba, el pobre hombre se estremecía de pánico, al comentar como los tiros sonaban al incrustarse en el coche, el terror de morir en aquel lugar tan solitario; cómo el miedo que sentía lo había paralizado, sin darse cuenta que había sido herido.

Viendo la agitación que esto le producía, el comisario decidió esperar unas horas más para tomarle su declaración.

Descartó la teoría de que el accidente fue provocado por la tormenta; el caso, ahora era caratulado como sospecha de homicidio.

La investigación se complicaba, sin conocer los motivos o tener los responsables del acto, tendría que informar a sus superiores, lo cuál no le agradaba; sabía de las técnicas que solían emplear y de las cuales la gente del pueblo no estaba acostumbrada; pero no le quedaba otra solución.

El Abogado MARIANO, por el momento no podía declarar debido a su delicada condición. Esperaría unas horas para hacerlo; mientras tanto encomendó al Agente PUERTA, a mantener vigilia en el Sanatorio, controlando así a las personas y pacientes, alejados del área en donde se encontraban los heridos. Se sospechaba, también, que los autores de tal hecho podrían tomar represalias, al enterarse que los dos continuaran con vida.

En el comunicado hecho esa mañana, el Comisario, pedía cautela al pueblo y a todos los que realizaban la investigación; quería tener la plena seguridad que no se fueran a perder detalles o pistas del caso; como también les pidió que, cualquier cosa que hubieran visto o recordaran de los últimos días, fuera inmediatamente reportada a la comisaría.

Al Hotel, llegaban noticias de diferentes índoles, creando tensión entre los turistas. Aunque los días eran brillantes y hermosos, nadie quería salir a cabalgar por los llanos, ni caminar por los prados. Sin decirlo, tenían miedo; el cuál se reflejaba en sus rostros. Algunos decidieron marcharse hacia lugares más seguros, otros permanecían en los alrededores, cautelosos, esperando conocer más detalles sobre lo ocurrido.

El Comisario esperaba la llegada de algún pariente del Abogado MARIANO, desde la Gran Ciudad, él cual, le podría aportar información que lo condujera hacia alguna pista o contacto. Quería revisar, también, la habitación en el Hotel, allí, a lo mejor, encontraría algo que le indicara los motivos del atentado; pero tenía que esperar hasta recibir la autorización correspondiente o a la llegada del familiar que se esperaba, para que le permitiera la entrada.

Después de varios intentos, finalmente pudieron comunicarse con la hermana del Abogado; quién al recibir la noticia de lo sucedido, partió de inmediato desde la ciudad hacia CACERES. Mientras conversaban, dijo; no saber los motivos que llevaron al atentado. "MARIANO aparentemente no tenía enemigos; durante su carrera en los tribunales se desenvolvió con corrección y honradez, formando un gran círculo de amistades los cuales con seguridad, <afirmaba>; ninguno hubiera atentado contra su vida", <terminó diciendo>.

Con cada hora que pasaba, el desconcierto crecía en la mente del Comisario; nada hacía sospechar que el motivo fuera venganza o traición hacia el Abogado. Para él; por lo sabido hasta ese momento, el caso conducía hacia un error de identidad; pero debería esperar, hasta completar las averiguaciones correspondientes.

Esa noche, pasada las 22:30 arribó al Hotel, una mujer joven, con rasgos de cansancio y temor, la cual se presentó como MONICA AVOLEA, hermana del Abogado, llegando acompañada por el sacerdote STANISLAUS y el Comisario CARUSSO. Habían pasado primeramente, por la Clínica; a ver a MARIANO, pero al no poder hablar con él y siendo tan tarde en la noche, decidieron ir al Hotel y a cenar.

Una vez, terminada la cena y sintiendo los efectos del cansancio, MONICA y el Padre, se despidieron de los presentes y se retiraron a descansar.

Antes de abandonar el comedor, el Comisario les preguntó, si tenían alguna novedad, respecto al caso o si alguien había recordado algo; que les hubiera llamado la atención en los días anteriores. MAYINA, que lo escuchaba muy atentamente; decidió comentarle lo que, ella había observado días atrás; expresando sus inquietudes y recalcando que, ese mismo grupo de personas, rondaba por el centro del pueblo, pues los había visto cuando regresaba de ver al Abogado en la Clínica y también, cuando venían de asistir a misa.

Con gran interés, la escuchaba, preguntándole los pormenores de lo ocurrido, a la vez que tomaba nota en su tarjeta personal; ya que todo pudiera servirle para su investigación del caso. Terminando su taza de café, decidió retirarse, no sin antes comentar; "mañana nos espera un día muy arduo; tanto yo, como todos los aquí presentes, necesitamos descansar".

DARIO mientras cerraba el local, les recordó a las hermanas, que con todo lo que había sucedido y con el trajinar como consecuencia de tanta clientela, habían postergado limpiar el cuarto, que conectaría con el nuevo comedor, que se estaba construyendo. Los trabajadores ya tenían todo listo para anexar las dos salas, quedando sólo, ese detalle; que debía hacerse lo antes posible.

MAYINA fue la que se ofreció, para hacerlo; aunque reconoció que; la llenaría de tristeza y dolor. Todo lo que en esa sala había, fue puesto y dejado por sus padres; y desde que ellos fallecieron, no habían tenido el valor de tocar. De todas maneras, prometió comenzar, al día siguiente.

)(14)(

Con el propósito de cumplir lo prometido MAYINA, después del desayuno, comenzó con la tarea. Para esto, le pidió ayuda a DARIO, para mover las cosas más pesadas; y el camión, para poner lo que donarían.

Con aprehensión y angustia abrió la puerta de la sala; el aroma místico de los años de encierro; escaparon envolviéndola en una sensación escalofriante, como ultrajando el pasado. Entre la vislumbre y la oscuridad, aparecieron siluetas fantasmales que danzaban al compás de sus ojos. Abarrotados en el lugar, había muebles, libros, juguetes de su infancia y miles de cosas más. Con congoja, encendió una pequeña lámpara que colgaba del techo y comenzó la tarea por lo más accesible; haciendo pequeños montones para que DARIO cargara en el camión.

Sentía, con cada cosa que tocaba, como si el pasado recobrara vida del letargo de los años; fotos de su niñez, de sus padres, de su hermana; trabajos de la escuela, hasta algunas manualidades echas con lana, que su madre, con tanto cariño había guardado y conservado. En cada caja, bolsa, cajón; afloraba el pasado, remontándola a tiempos ya casi olvidados. ¡Había tanto para revisar! Con esmero, seguía excavando, amontonando, hasta que, entre las cosas que iban apareciendo, encontró una cajita de música; la cual no recordaba haber visto antes; se encontraba entre unas cortinas muy bonitas, que su madre le había dicho eran de Europa; traídas por su abuela, en su viaje de bodas.

Como si hubiera descubierto un tesoro escondido, se acomodó mejor y con interés la abrió. Al hacerlo, sonaron las últimas notas del Danubio Azul; vals preferido de su madre.

Encontrando algunas monedas y billetes viejos, como también algunas fotos de sus abuelos maternos y de su madre cuando era pequeña. En el fondo de la cajita, había un sobre, con letras gastadas por los años, la que abrió con mucho cuidado; encontrando en su interior un documento y una hoja de papel. Desdoblando el documento, comprobó que era la Partida de Nacimiento de una niña, cuya fecha de nacimiento era idéntica a la de MARION; pero con diferente apellido.

Pasaron algunos segundos, de los cuales MAYINA, ¡se resistía creer lo que veía!; se acercó a la pequeña luz, para poder leer lo que la carta decía, quien escribía, agradecía infinitamente a CELESTINA y VICENTE; sus padres, por recibir a MARION en el seno de su hogar. Había nacido hacía unos días en WENDARRAL, sin la unión de sus padres, en matrimonio." Siendo muy joven, <continuaba leyendo>, bajo la presión paternal, era obligada en contra de sus sentimientos a tomar, tan terrible decisión, dándole la niña para su adopción. Rogándoles que la amaran y cuidaran como si fuera hija de ellos; prometiéndoles que ella, nunca interceptaría en su vida". MAYINA, permaneció unos minutos adormecida de estupor, ¡no podía creer lo que había terminado de leer!, ¡todo le parecía confuso, increíble, extraordinario! Entonces, ¿MARION, no es mi hermana? Lágrimas, comenzaron a brotar de sus ojos, nublando su vista para continuar leyendo. Pero entonces, <se preguntaba>, ¿quiénes, eran sus padres?; como pudo, conteniendo su llanto, continuó leyendo. <Decía> "Madre: VALERIA PINEDA; Padre: JUAN MANUEL AVOLEA. ¿AVOLEA?, ¿pariente del Abogado MARIANO? Reclinándose, lloraba con pena; no porque sintiera que el amor hacia su hermana, sería diferente, lo hacía; porque sus padres se llevaron el secreto a sus tumbas y no confiaron en ellas, diciéndoles la verdad.

Sus padres, a los que amó y extrañaba con todo su ser, jamás crearon diferencias entre ellas, les dieron todo ¿qué razones tan fuertes tuvieron para mantener dicho secreto? ¿MARION, sabía todo esto?, y sino, ¿cómo, se lo haría saber?

¡Cuanta angustia, desazón, sorpresa; de repente la vida la envolvía en algo tan inesperado! ¡Mi Dios!, cuántas preguntas sin repuestas.

)(15)(

Permaneció entumecida y sumergida en sus pensamientos, por largo rato, sin darse cuenta que DARIO desde la escalera la contemplaba, sorprendido e indagante al verla de esa manera. En silencio le pasó la carta, para que él también se enterara, del inesperado secreto.

Pasaron algunos minutos y viendo que continuaba llorando, se le acercó y abrazándola, la calmó con estas palabras "MAYINA, mi mariposita adorada, esto no cambia nada, todo sigue igual; son cosas de la vida; debes de entender que, un pedazo de papel, no rige ni vale lo que en toda tu vida has sentido por tu hermana. Ella es tu hermana y nada, absolutamente nada debe cambiar entre tú y ella".

Permanecieron así largo rato sin decirse nada, en sus mentes los pensamientos del presente y del pasado danzaban desenfrenados al compás de sus latidos. De a poco fueron recobrando la calma, dando a MAYINA, la serenidad necesaria, para   terminar de revisar y limpiar todo lo de la sala.

Guardó la carta y todo lo demás, en la cajita de música, la envolvió con las cortinas y en silencio, salieron de allí.

Al pasar por el comedor, MARION al verlos, salió a su encuentro y con ansiedad <preguntó> "¿encontraron algún tesoro escondido entre tantos recuerdos? Al ver las cortinas preferidas de su padre, las tocó con mucha delicadeza, como si al hacerlo, acariciara su imagen tan querida; sin saber que en su interior, se escondía su pasado.

Tratando de que ella, no se diera cuenta de lo que los dos sentían en ese momento, con evasivas, <contestaron> "Nada importante, sólo estas cortinas, es lo único que se puede usar; realmente todo es muy viejo y se ha arruinado con el paso de los años". "Que pena, <dijo> MARION y me alegra saber que serán nuevamente usadas".

Con la angustia reflejada en su rostro, MAYINA comentó a su hermana lo mucho que la había afectado ver las cosas que le recordaban a sus queridos padres y el deseo de ir a orar por ellos, para tranquilizar su alma. MARION conociendo lo susceptible que era MAYINA, accedió a su pedido, con la condición que DARIO la acompañara.

Al llegar a la Iglesia, se dirigieron directamente al despacho del Padre STANISLAUS; que en ese momento, terminaba de dar confesión. Al verlos, los recibió con su conocida bondad y presintiendo que algo muy importante los había llevado a la casa del Señor, <les preguntó>, "Hijos míos, estoy a su disposición, ¿en que los puedo servir?"

Con lágrimas en los ojos, MAYINA, entregó la vieja carta al sacerdote, quién con humildad en su corazón, la leyó.

Al terminar de leerla, se sentó junto a ellos y abrazándolos <les dijo>, "hermoso ejemplo el de tus padres, MAYINA; ellos abrieron su corazón y hogar a un pequeño ser, que vino a este mundo por el camino equivocado, este ser es tú hermana, la cuál no sabe de su origen. Ella es inocente de la circunstancia, al igual que tú. Dejemos esto que hoy ha ocurrido, en manos del Señor. EL sabrá cómo y cuándo MARION deberá saber la verdad". "No se angustien o sufran por esto, oren, pidan al Supremo las fuerzas necesarias para mantener el secreto, que EL con su infinita sabiduría les iluminará e indicará el camino a seguir"

)(16)(

MARION se extrañó que su hermana, al regresar de la Iglesia, se encerrara en su cuarto. Entendía que el remover todo lo de esa sala, la hubiera afectado y no se sintiera bien , <pensó.>; "justo ahora que empieza el almuerzo y que más necesito de su ayuda, en fin, <se dijo>, cuando tuviera unos minutos libres, iría a hablar con ella".

Recostada en su cama, MAYINA, recordaba su infancia, sus padres, sus vidas, todo. Lo de hoy, no lo entendía; descubrir algo así, después de tantos años; no alcanzaba a comprender lo inmenso que todo esto, representaba para las dos.

Su cabeza era un remolino de preguntas, algunas, sin respuesta que la dejaban mas desolada. Se preguntaba,"¿ porqué el silencio de sus padres, que envolvía el nacimiento de MARION? Todo esto, la llevaba a pensar que, en realidad no sabía mucho de sus padres, sólo lo que ellos les habían contado. Lo que la confortaba era el cariño, el amor que sentía por su hermana mayor. Realmente no le importaba que no fueran hermanas de sangre, lo eran de alma. Al orar le pedía al Señor, que la guiara y no la abandonara en éstos terribles momentos que tanto, lo necesitaba. Su mayor miedo era, que su hermana al enterarse, la abandonara o se alejara de ella. Unos suaves golpes en la puerta, la volvieron a la realidad. Era TERESA, venía a ofrecerle su compañía por unos minutos, cómo siempre hacía, cuando se encerraba en su cuarto.

En ella, confiaba y la quería con todo su ser, con su humildad y amor, había llenado el vacío que sus padres le dejaron al morir.

Hubiera querido contarle, decirle lo que hoy descubrió; pero esto, era diferente y recordando las palabras del sacerdote, solo balbuceó "Me duele mucho la cabeza, TERESA". Ella la cubrió con una manta, cerró las cortinas de las ventanas y con gran cariño le besó la frente. Antes de salir de la habitación, se volvió, la miró con dulzura y <le dijo>,"descansa, mi niña, eso te hará bien para tus males del cuerpo y del alma ". MAYINA, presintió que ella, había leído sus pensamientos.

)(17)(

MARIANO, se recuperaba lentamente, respondiendo al tratamiento y cuidados que le proporcionaban en la Clínica. Cómo su condición había mejorado, el Doctor ACUNA, avisó al Comisario CARUSSO. Este, que esperaba en el pasillo, entró a la sala y viéndolo en el estado que se encontraba, le pareció imprudente hacerlo conversar. Así, se lo hizo saber, pero; él insistió en declarar.

Comenzó diciendo, " Lo único que recuerdo es que viajábamos entre el viento y la lluvia, cuando de repente, sentimos un enorme ruido, viendo que el parabrisas, estallaba; nos agachamos para cobijarnos; pensando que había sido alguna piedra, pero al segundo, sentimos otros más, que golpeaban en el coche y eran tiros, que al contacto con el metal, estallaban como bombas. Don JAVIER enloquecido, preguntaba si estaba bien; él, gritaba que se agachara; los tiros eran dirigidos hacia ellos. Cuándo los disparos cesaron después de algunos segundos, con cautela se acercó al respaldo del asiento delantero, comprobando que Don JAVIER sangraba profusamente y se quejaba del dolor. El, adormecido por las estampidas, no se había dado cuenta que también, estaba herido. Cuándo pudo, viendo que el peligro parecía haber pasado, se sacó el sobretodo y cubrió a Don JAVIER." Después de eso, no recordaba nada más.

El Comisario, le comentó que, cuándo los encontraron, él estaba caído sobre el respaldo del asiento delantero, inconciente, al igual que Don JAVIER.

Hubiera querido continuar con sus preguntas, pero MARIANO se veía muy cansado y soñoliento; sólo atinó a decirle que su hermana MONICA, llegaría ésa noche a CACERES, desde la Gran Ciudad.

DARIO, que se había mantenido ocupado en las afueras del Hotel, no podía despejar su mente, pensando en el día que esto, se descubriera…En eso apareció CARMELA, para informarle que lo necesitaban en el Hotel. Se acercó a la entrada principal en el momento que, una mujer muy atractiva bajaba de su automóvil. La admiró por unos momentos, sin darse cuenta que, ella también lo observaba. Era la primera vez en su vida, que sentía una sensación así.

Al presentarse, dijo llamarse MONICA, la hermana del Abogado AVOLEA. DARIO, que no salía de su encantamiento, agarró las valijas, balbuceó su nombre y apresuradamente entró al Hotel. MARION que observaba desde la sala de entrada, vio cómo DARIO entraba agitado y ruborizado. Sonriendo, dio la bienvenida a la viajera, la cuál continuaba mirándolo, con especial interés.

)(18)(

Cuándo MONICA entró al restaurante a desayunar, el Comisario CARUSSO, ya saboreaba su segunda taza de café; quién al verla, la invitó a sentarse en su mesa. MAYINA, que atendía en su mesa. MAYINA, que atendía los comensales, s acercó a saludarla; trayendo un plato con masitas mañaneras; que TERESA terminaba de hornear. Mientras le servía el café, preguntó sobre el estado del Abogado MARIANO, la cual respondió que lo había visto apenas llegó y que se reponía bien. Mirando a MAYINA y DARIO, (que observaba desde el mostrador), agradeció efusivamente todo lo que habían hecho por su hermano.

Cuando ya se retiraban, MONICA, se acercó al mostrador en donde estaba DARIO, para preguntarle si en su tiempo libre, podría llevarla a conocer los alrededores y ver el lugar del accidente. Sin dejar de mirarla, le contestó que encantado lo haría y la llevaría donde ella quisiera.

Cuando ya se habían marchado, MAYINA, se le acercó y poniéndole la mano en el hombro, <le dijo> "¡DARIO querido, por si no lo sabías, Cupido te ha flechado!"; al escucharla y sin contestarle, salió apresuradamente del comedor. MARION, que había escuchado, regañó a su hermana <diciéndole>; "Son cosas del corazón y con eso; no se juega".

Con el paso de los días, la normalidad retornó al lugar, dando paso a las exigencias de la temporada. El Hotel y el comedor con la bulliciosa clientela, regresó a ser el lugar de reunión preferido.

DARIO y MONICA salían diariamente a cabalgar por los alrededores; MARIANO, continuaba su recuperación; a Don JAVIER, se lo veía por las tardes, acompañado de DORITA, caminar por las calles del pueblo. Las fuerzas de Seguridad daban a la gente la estabilidad y tranquilidad para continuar con sus diarias rutinas. Habían detenido al grupo que se reportó a las autoridades y serían traídos ha CACERES, para la investigación.

MAYINA, sin embargo continuaba solitaria; sumergida en sus pensamientos. Se enteró que Don JUAN MANUEL AVOLEA, era el padre de MARIANO y MONICA y que llegaría en unos días a visitar a su hijo. Esto, regocijó a MONICA; vería lo bien que su hermano se encontraba y conocería el lugar, del cual ella, se había enamorado por su belleza y por su gente.

MAYINA, al conocer la noticia, se descompuso a tal punto, que ya no quería ni comer, ni ayudar en el Hotel. Vagaba de un lado a otro, como perdida en su propio mundo. Las empleadas la habían sentido llorar durante el día en su cuarto. CARMELA, que no pudo con su genio, reveló a MARION lo que ellas habían escuchado. Imaginó cual sería el motivo de su malestar y desazón, entonces, esa noche, hablaría con ella.

)(19)(

DARIO y MONICA habían cabalgado bordeando el río desde muy temprano, el paisaje era espectacular, el susurro del agua entre las piedras definía la quietud del lugar; los árboles se mecían al compás de una suave y cadenciosa brisa, que invitaban a desmontar.

Dejando los caballos libres que gozaran de la sombra y el descanso, se sentaron en unas enormes piedras al pie de un sauce, al borde del río. Contemplando los rayos del sol que danzaban en la corriente; MONICA, rompió el silencio, preguntando a DARIO; "¿has estado enamorado, alguna vez?.Al escuchar estas palabras, un calor muy extraño le subió a su cara, bajando su mirada, avergonzado de su timidez, le contestó que sí.

Mirándolo inquisitivamente y queriendo saber más, <le preguntó> "Cuéntame, ¿quién es la afortunada que tiene tu amor?"

Sin poder contener las palabras que brotaban de su interior, <respondió> "Desde que la vi, por primera vez, no he dejado de pensar en ella; al verla, mi corazón late desesperadamente y siento que día a día, me hace falta en mi vida, como el aire que respiro, para poder vivir. ¿Sabes?, nunca antes, he sentido algo así, por ninguna mujer."

MONICA, al escuchar con cuanto amor describía sus sentimientos; <dijo> "Espero seas correspondido y puedas ser muy feliz, con ella". Levantándose bruscamente y ante la mirada sorprendida de DARIO, se sacudió su ropa, dirigiéndose hacia donde estaban los caballos.

"Espera; todavía tú, no me has dicho, si estuviste alguna vez enamorada" , reprochándole, <le dijo>". Dándose vuelta, mirándolo casi con rabia; ella le respondió, "¡Si, y mucho!, pero el tonto, no se da cuenta."

DARIO, que había observado su reacción, se levantó y acercándose a ella, le tomó sus manos y mirándola, <le dijo> "No es tonto, aquel que amas, solo miedo al rechazo o a no ser correspondido".

Sintiendo el calor de sus manos, MONICA, susurró" Darío, dime por favor, ¿quién tiene tu amor? Delicadamente, la besó y al abrazarla; confesó," mi amor eres tú." Ella, respondió con intensidad a sus besos, con amor y pasión, a sus caricias. Así permanecieron abrazados durante largo rato; él le acariciaba su cabellera clara, que al contacto con el sol, brillaba como hilos de oro; ella, abrazada a su cuerpo, fuerte, amado, tierno, que la hacía estremecer de placer. Se miraban, besaba, sintiendo juntos el dulce despertar al amor.

)(20)(

Oscurecía, cuando emprendieron el regreso hacia el hotel, sintiendo que sus corazones latían al unísono de este; gran amor.

MARION se dirigió al dormitorio de su hermana quien se había retirado un rato antes; dando unos suaves golpes, abrió la puerta. Se acercó y sentándose al borde de la cama, con mucha delicadeza, le acarició su mano. Veía en ella a una mujer joven, hermosa, dulce y angelical; a la cual adoraba. Viéndola sufrir; para evitarlo, quería ayudarla haciendo cualquier cosa por ella. Pero no le daba la oportunidad, le esquivaba, andaba triste, nerviosa, ausente. Cuánto daría, por verla feliz nuevamente. Con sus bellos y alocados sueños, sus eternas ocurrencias, su risa cantarina que tanto extrañaba; que le daba tanta felicidad.

La contemplaba, tratando de leer sus pensamientos, de saber qué, la acongojaba. "Pobrecita, los acontecimientos de los últimos días, le han afectado profundamente, <reflexionaba>. DARIO, es el único que puede sacarla de este estado, aunque con la llegada de MONICA, prácticamente se lo ve muy poco; constantemente ocupado en sacarla a conocer los alrededores o a cabalgar por las sierras"

¿"Será eso, que la mortifica, y que la lleva a actuar de esta manera?; ¿es que DARIO, representa algo más, en su vida? <se preguntaba>. No creo; pero entonces ¿qué, la aqueja Mi Señor?" "Si yo, pudiera leer tu mente, si confiaras en mí; ¡cuánto me gustaría ayudarte, querida mía!"Comprobando que   continuaba durmiendo, le besó la frente y muy lentamente, salió de la habitación.

Se sentía agotaba, abatida, cansada; como si de repente, la carga de los años, se le hubiera subido a los hombros. Se sintió sola, muy sola y las lágrimas comenzaron a rodar por sus mejillas.

De camino hacia su dormitorio, sintió voces que venían del zaguán; pudo ver que eran DARIO y MONICA; los que abrazados, se besaban como dos niños, jugando al amor.

Al llegar a su cuarto, se desplomó en su cama, llorando, con todo su ser. Sintiendo su fracaso de mujer, sin el cariño y el amor de un hombre que la protegiera, acompañara, amara. Todos creían que tenía todo en la vida; en realidad no tenía nada, de lo que toda mujer anhela. Lloraba y reía; en su cabeza, todo giraba al revés; estaba al borde de la desesperación, aunque no lo aparentaba; día a día, se sentía peor.

Pasó largo rato sumida en su dolor; con rebeldía se prometió que, iba a cambiar; había vivido sólo para el sueño de sus padres; olvidándose de su hermana y postergándose como mujer. Ahora, lo que importaba era MAYINA; la necesitaba más que nunca y tenía que ser fuerte, por ella, pero había llegado el momento en su vida de, tomar una decisión. Lloró hasta que no tuvo más lágrimas, hasta que abatida, rogando al Supremo que no la abandonara, se hundió en la tranquilidad del sueño.

)(21)(

Por la mañana; TERESA se acercó a MARION y abrazándola <le dijo>, "te ves muy agotada y cansada, deberías pensar en tomarte unos días de descanso, hace años que no lo haces; trabajas mucho todo el día, y eso te hará bien", sonréendole <contestó>, "pronto, muy pronto lo haré, por ahora hay otros problemas que deben ser resueltos"; diciendo esto, siguió preparando el comedor para el desayuno.

Entendía, que su vida debía cambiar, la rutinaria vida que llevaba lehabía privado de encontrar la felicidad. Lo acontecido la noche anterior le reveló la enorme soledad en que se encontraba. Debía abrir las puertas da su corazón para dar paso,al amor que tanto necesitaba y anhelaba.

Aunado a sus pesares, estaba la tristeza de su hermana. No podía encontrar la forma de saber qué la agobiaba. Recordaba que desde el día que limpió el cuarto con DARIO, su actitud había cambiado. ¿Qué había visto o encontrado para que actuara así?, <se preguntaba>.

El no saber la llenaba de angustia, dejando de lado todo lo demás. Ya no era la congoja de remover las cosas del pasado, había algo más triste y profundo que la había afectado y ella encontraría la forma de saber la verdad.

DARIO y MONICA, fueron temprano a la iglesia para hablar con el Padre STANISLAUS. Querían recibir la bendición como pareja, la que fue recibida con mucha alegría; desde allí, se dirigieron al Restaurante; excitados y felices para compartir con todos,esta hermosa decisión.

Tomados de la mano, entraron al negocio, dirigiéndose a TERESA y a los que estaban en esos momentos, se besaron muy tiernamente, mostrando lo enamorados que estaban, queriendo compartir con ellos su felicidad.Los comensales respondieron, con un fuerte aplauso, deseándoles muchas felicidades por tan linda noticia.TERESA lloraba de alegría al ver que su hijo había encontrado la mujer desus sueños; MARION, habiéndose quedado sin palabras sólo atinó a abrazarlos.

Cuando MAYINA, pudo acercarse a ellos, con lágrimas en sus ojos les deseó toda la dicha del mundo.Todos estaban emocionados y contentos. En esos momentos, llegaron los Padres TOMAS y STANISLAUS y algunos amigos; que al enterarse se iban acercando a saludarlos.

La llegada de MARIANO acompañado de una enfermera, sorprendió a los presentes, dando a la pareja una inmensa alegría. Quería festejar con ellos tan hermosa ocasión.

MAYINA, que no salía de su asombro; acercándose, abrazó a MARIANO con alegría, y tomándole la mano, lo acercó al grupo.

Sentándose, a la mesa grande del comedor, disfrutaron del desayuno, como una gran familia.

Durante el tiempo que duró la reunión, MAYINA contemplaba a MARIANO, como si hubiera descubierto algo muy bello en el.

A la vez, éste le correspondía con sonrisas y atenciones, que no pasarondesapercibidas entre los presentes.

Para celebrar la felicidad de la pareja y la recuperación del abogado decidieron, realizar un servicio religioso para el fin de semana....

)(22)(

El Comisario CARUSSO daría una Conferencia de Prensa en el Municipio local para comunicar los resultados obtenidos por las Fuerzas de Seguridad del Estado en conjunto con los integrantes de su Comisaría.

Se habían aprehendido a los autores del frustrado asalto, quienes habíanconfesado su participación en el hecho. Por ese motivo y antes de que fueran trasladados a la Gran Ciudad para su enjuiciamiento, quería informar al pueblo sobre los detalles de la investigación.A la vez que esperaba la llegada de JUAN MANUEL AVOLEA, acompañado por su abogado ALEJANDRO ZAMORA quien había tomado el caso ante las autoridades.

Mientras, preparaba dicho informe recibió una comunicacion de extrema urgencia. Al leer el contenido, su rostro palideció. Algo inesperado relacionado al caso, habíaesurgido; pidiéndole mantener el secreto, hasta que fuera corroborado.

En el Hotel se preparó una habitación amplia, con grandes ventanales para MARIANO, retirada de los demás dormitorios para su tranquilidad yrecuperación. Desde allí se podía contemplar las montañas en todo su esplendor y además la magnifica pradera, donde el río serpenteaba entre los sauces y álamos, dando una muestra real de lo hermoso de aquel lugar.

MAYINA, permanecía en contacto casi diario con el Padre STANISLAUS, confesándole sus penas y amarguras. Sentía pánico al pensar en el momento que debiera entregar a MARION la vieja carta; y además por la inminente llegada de JUAN MANUEL AVOLEA al pueblo.

El sacerdote con su enorme paciencia, comprensión y Fe, la escuchaba con infinito amor desahogar sus penas. Entendía sus miedos, que la habían envuelto completamente; dándole inseguridad y desaliento. Quería dejar de atormentarse, más le era imposible. Esperaba, que cuando llegara DON JUAN MANUEL; con la ayuda de Dios, todo se aclararía.

Salía de la Iglesia con mucha paz interior y el deseo enorme de que lafelicidad algún día volviera a su vida.

La llegada de MARIANO esa mañana, la llenó de alegría, aunque necesitaba algunos cuidados, se lo veía muy bien, alerta, y de muy buen humor.

Lo ayudó a ubicarse en su cuarto, el que agradeció por lo cómodo y por la magnifica vista al valle.

Sintiendo algo diferente, jamás experimentado en ella; en su interior crecía; el deseo de estar con él, ayudarlo, que se manifestaba, en su rostro lleno de placer.

Se retiraba, cuando sintió que le decía, "por la tarde, me gustaría salir a caminar por los jardines, si Usted pudiera", sin dejar que terminara su pregunta, le contestó " Me encanta la idea, vendré a tiempo para caminar e ir a cenar"..

)(23)(

El trajín de la mañana, lo había dejado extenuado, la enfermera, lo ayudó para que se recostara y descansara. En la soledad y el silencio de lahabitación, recordaba a MAYINA; con su dulce mirada y frescura jovial.

Sin medir el tiempo, durmió profundamente, embriagado con el perfume de las flores que adornaban el lugar.

Cuando al despertar, la encontró sentada al lado del gran ventanal, se conmovió al pensar que había cuidado de sus sueños, como un ángel protector.

Una vez listos, tomados del brazo y caminando lentamente, se dirigieronhacia el jardín. Hacía, mucho calor; con sol brillante y algo de humedad. La brisa, que llegaba de las montañas, menguaba la temperatura calcinante del lugar.

Recorrieron los jardines bajo las sombras, de la hermosa arboleda, que rodeaban la propiedad.MAYINA, conversaba animadamente contándole la historia del pueblo; recordando cuando sus padres llegaron a este lugar, sus años de niñez y cuando ellos fallecieron. El, la escuchaba con atención, a la vez que admiraba su apego por todo aquello que representaba su vida.

Encontraron un banco, en la orilla del camino, bajo un frondoso árbol. Al sentarse, MARIANO cortando una flor, la colocó en sus cabellos, confesándole, lo feliz que era en ese lugar, por la vida tranquila y por su gente, tan diferente a la Gran Ciudad.

Habló de su infancia, de su vida solitaria, su profesión.

Durante una pausa, MAYINA, sintiendo la necesidad de saber más de él, <preguntó> "¿cuáles fueron los motivos de su venida al pueblo?" Mirándola, <respondió> "cansancio, físico y mental; el deseo de hacer algo distinto, de vivir diferente; un día cuando era joven, sentí a mi padre decirle a un amigo, que algo muy especial de su juventud vivía en los alrededores de CACERES, pensé que había sido una aventura, o un amor imposible que recordaba con cariño". "Cuando finalmente tomé la decisión de cambiar mi vida, no conociendo ningún otro lugar; decidí comenzar aquí. Desde mi llegada, he tratado de averiguar sobre lo que mi padre dijo, pero todo a sido en vano, <concluyó diciendo>".

MAYINA, hubiera querido decirle lo que, ella sabía; pero recordando las palabras del sacerdote, prefirió callar.

)(24)(

La conversación fue interrumpida con la llegada de la enfermera indicando que era la hora de las medicinas. MARIANO, de regreso a la habitación, le besó tiernamente la mejilla y le susurró que había disfrutado enormemente de la caminata, especialmente de su compañía.

De regreso hacia el comedor, MAYINA sentía una sensación de volar, en vez de caminar; al ver a MARION, corrió hacia donde se encontraba, la abrazó muy fuerte, dándole un beso, le dijo "¡Te quiero muy mucho, hermana mía!" Ésta, sorprendida de tal cariñosa reacción, lloró de alegría y felicidad.

La relación de DARIO y MONICA sólo llevaba unas semanas. Tan seguros estaban de sus sentimientos que habían decidido casarse. Con este propósito, MONICA decidió viajar a la Gran ciudad, para los preparativos necesarios. Invitó a las hermanas para que la acompañaran; así descansarían unos días y le ayudarían a seleccionar su ajuar. MARION aceptó encantada, con la condición que fueran solo unos días, ya que quería estar presente para la conferencia pública que daría el Comisario CARUSSO. MAYINA, por su parte prefirió quedarse para ayudar a,TERESA y DARIO en el Hotel y en el restaurante.

Decidieron partir hacia la ciudad, al terminar el servicio religioso del próximo domingo.

Harían el viaje en coche, así tendrían más flexibilidad para moverse en,la ciudad y también para disfrutar del magnifico paisaje que ofrecían las montañas y el valle en esta época del año.

Ansiosa de tomarse unas cortas vacaciones, MARION indicaba como algunas cosas debían hacerse. Confiaba plenamente en ellos, pero quería asegurarse que durante su ausencia todo continuara igual.

Ese domingo, la Iglesia desbordaba de fieles. Para placer de los concurrentes, los padres STANISLAUS y TOMAS celebrarían la misa juntos.

Sentándose; MAYINA, MARION y TERESA; en una de las ultimas butacas al final de la Iglesia; mientras que DARIO, MONICA, MARIANO y CLARA, la enfermera; lo hicieron en una de las primeras filas.

Durante todo el Servicio Religioso, se podía palpar la emoción que emanaba en cada oración y cada canto; el Sermón fue hermoso, lleno de amor y gratitud hacia el SUPREMO, agradeciendo la recuperación de MARIANO y DON JAVIER, como también bendiciendo a la pareja con una felicidad eterna.

)(25)(

Terminado el servicio religioso, se reunieron en la puerta de la iglesia,para ser saludados por los feligreses. MARIANO, observando a MAYINA, que se veía angelicalmente bella, se acercó y besando su mejilla, la saludó, haciéndole saber lo hermosa que estaba. Le tendió su brazo para que ella, lo tomara y así se encaminaron hacia el restaurante.

La mañana, llena de sol, invitaba a caminar, por las tranquilas calles del pueblo. Los días domingos, los negocios abrían sus puertas al mediodía; dando oportunidad a los remolones a gozar del merecido descanso.

Conversando y disfrutando cada uno de su compañía, llegaron al Restaurante, donde eran esperados por SARA y CARMELA quienes, habían preparado una hermosa mesa para todo el grupo. MARION sentándose junto a ellos, <dijo> "Se lo ve muy bien MARIANO,completamente restablecido"."Se debe a los cuidados que me profesa mi ángel guardián, <respondió> mirando a MAYINA".

Al finalizar la reunión, MARION, se acercó a su hermana, para despedirse; al hacerlo, con emoción la abrazó y <diciendole>, "Te voy a extrañar mucho, eres lo mas hermoso que tengo en la vida, cuídate. No sabes lo feliz que me hace, al verte tan plena."

MONICA y MARION listas, para emprender su viaje; cargaron sus valijas, en el coche; se despidieron de todo los presentes y partieron en dirección de la Gran Ciudad.

El camino serpenteaba entre la Montaña, obsequiando la incomparablehermosura del valle hacia una inmensidad infinita. Con cada curva del camino, se podía observar, al pueblo como se iba evaporando en la bruma de la distancia.

Conversaron animadamente de sus vidas, anhelos, recuerdos y de sus amigos. Viajaban tan entretenidas, que no se dieron cuenta cuando aparecieron los primeros edificios de la Gran Ciudad.

Iban por la carretera principal y al llegar a una plaza, MONICA dobló por una calle lateral que conducía a un barrio muy bonito, con casas de techos con tejas y césped en los jardines.

Al llegar, al numero 508 estacionó el coche entre dos cocheras; un pequeño cerco conducía a la entrada principal.

Abriendo, la enorme puerta dos hermosos perros salieron a su encuentro. Al sentir voces, un hombre mayor, bien parecido, que al ver a MONICA, la abrazó al mismo tiempo que le decía cuánto la había extrañado.

Al ver a MARION, se acercó a saludarla, mirándola, sorprendido de un modo muy particular. MONICA, abrazándolo <dijo> "Te presento a mi padre JUAN MANUEL AVOLEA.

)(26)(

Sonriéndole, lo saludó y al estrechar su mano, tuvo una sensación indefinida que la hizo estremecer. JUAN MANUEL observaba sus movimientos con inusitada atención, al conversar la contemplaba como queriendo encontrar algo que lo había cautivado. MONICA, excitada por la llegada a la casa paterna, daba los últimos informes referente al estado de MARIANO.Sentándose en la enorme sala, decorada con gusto y confort, comunicó a su padre la razón de su viaje. Asombrado y emocionado por lo que su hija acababa de confiarle, la abrazó expresándole cuan feliz lo hacía.

Reclinándose en el hermoso sillón, <dijo> "cuéntame todo lo sucedido, pero antes, ¿dime "dónde encontrastes a tan hermosa amiga?"MONICA, sorprendida <respondió> " pero papá...¿no recibiste mis cartas? En ellas, te ponía al tanto de dónde y con quién estaba!""No hija, no recibí nada, estaba preocupado al no recibir tus noticias,pero conociéndote como eres, sabía que tarde o temprano, tendría noticias tuyas." "Sabes que fui a CACERES, por el accidente de MARIANO; allí conocí a MARION y a su hermana MAYINA, quienes son las dueñas del hotel del pueblo; me brindaron su amistad, su cariño y el apoyo moral y espiritual que necesitaba, desde el momento que llegué al lugar.

En ellas, he encontrado a las hermanas que siempre quise, pero que nunca tuve, papá y es allí, en ese lugar donde conocí a DARIO, mi prometido y futuro esposo". A medida que escuchaba a su hija, la expresión del rostro en JUAN MANUEL, se tornaba en una mueca de angustia, miedo, sorpresa y desazón.

Tratando de mantener su serenidad, mirando a MARION, <le preguntó> ";cómo se llamaban tus padres?"VICENTE y CELESTINA MANGUAL<contestó ella>, sin comprender realmente lo que le sucedía y el porqué de su proceder.

A JUAN MANUEL parecía que el suelo se le abría, la mente le bullía como un torbellino. "! No podía ser cierto; aquello había quedado en el pasado, hundido en los recuerdos de su juventud!" ";Porqué ahora, reaparecía después de tantos años?" se repetía en silencio; mientras encontraba rasgos conocidos, los que, creía ya casi olvidados.

)(27)(

Expresando su descontento por la demora de los refrescos, se retiró rápidamente de la sala. MONICA viendo confusión en el rostro de MARION por la reacción de su padre, <comentó>, "Desde que mamá falleció, no es el mismo de antes, además lo de MARIANO lo ha tenido muy preocupado. Espero darle un poco de alegría con mi casamiento.

Ven, <le dijo> tomándola de la mano, te llevaré a tu cuarto así descansas un rato.

Por la tarde, luego del descanso, por el largo viaje y de acomodar sus cosas en las habitaciones; decidieron salier a conocer la Gran Ciudad.

Hacía mucho calor, por lo que MONICA desplegó la capota de su auto, así disfrutarían la brisa y podrían contemplar mejor el atardecer. Anduvieron por los alrededores admirando el paisaje; al llegar al centro comercial, decidieron, dejar el coche y caminar,

Habían recorrido algunas cuadras, cuando MARION observó en una vidriera decorado para novias; un hermoso vestido.

MONICA al ver lo magnifico que era, decidió entrar al negocio.

Una empleada que arreglaba unas ropas, se acercó hacia ellas, preguntándoles si necesitaban ayuda. Al expresar su intención de probarse el vestido de la vidriera, llamó a la dueña, quién era, la creadora de esa maravilla.

Desde la distancia observaron a una mujer muy elegante, de mediana altura, que manipulaba el vestido con gran habilidad y delicadeza.

Al acercarse encontraron a una mujer sencilla, de una belleza natural que losaños no habían marchitado; sorprendidas al ver que sus rasgos faciales, ojos, mirada, su bella sonrisa; eran muy parecidas a los de MARION; al notar las similitudes, MONICA, <comentó. "Dicen que todos tenemos en alguna parte de este mundo, alguien que se parece a uno mismo, el tuyo MARION está aquí, en la Gran Ciudad."

La mujer las miraba petrificada, silenciosa, paralizada; y al escuchar su nombre, se desplomó desvanecida.

)(28)(

El verano, había comenzado en el valle, con el verde y el aroma de los campos cultivados. El aire templado, peinaba las llanuras con el ondulante ritmo de una danza mágica. El despertar de cada día con los cantos y trinos de sus pájaros, invitaba a vivir la belleza que la naturaleza regalaba. El pueblo florecía, en matizados colores al compás de la estación, abriendo sus imaginarias puertas y dándole la bienvenida a sus visitantes, que felices colmaban el lugar.

En el hotel, como en el comedor, se vivía el ritmo de la temporada turística,.

DARIO, ocupado con sus responsabilidades, no dejaba de extrañar a su amada, contando las horas de su regreso.

MAYINA,que nunca se había separado de su hermana, esperaba también con ansiedad.

Desde que acompañaba, a MARIANO, en sus diarias caminatas, se sentía renovada y alegre. Sus conversaciones eran amenas, interesantes y placenteras.

Reconocía al escucharlo su honestidad, lealtad, generosidad, impulsando en ella, el deseo inmenso de compartir su secreto.Sufria el dilema, de no saber si haría bien o mal, y eso la angustiaba. No quería herir a su hermana, a la cual quería con todo su ser.

¿Porqué tuvo que ser ella, la que descubriera dicho secreto? ¿A cuantos inocentes, les causaría dolor y pena; si lo revelara? Al confiar sus temores a DARIO, éste leaconsejaba, que dejara todo en manos de

Dios; ya llegaría el día que todo esto, se aclararía. ¡"Querida Mariposa disfruta cada día, piensa todo lo tienes, lo que te rodea, lo que hay en tu corazón es lo que vale! No lo que te dicte un pedazo de papel!" <le aconsejaba>. No te sientas culpable por descubrir algo del pasado; eres victima de la vida, que toma su revancha.

Poco a poco irán resurgiendo los lazos enmarañados por los años, que finalmente, encontraran su destino."

)(29)(

La mañana en la ciudad invitaba a la recreación. El cielo azul, con algunas nubes pasajeras, parecían mensajes de humo que llevaba el viento.

¡Hermosa mañana!, dijo MARION saliendo a la terraza, especial para descansar leyendo un buen libro. Se dirigió a la biblioteca en donde había cientos de ellos. Concentrada leyendo los títulos, no se dio cuenta, que sentado en un sillón con respaldar alto, se encontraba JUAN MANUEL.

"OH! ¡Buenos días!, dijo, sorprendiéndose de su presencia, vine a buscar algo para leer, ¿que me recomienda? <preguntó>, levantándose del gran sillón, se dirigió a una parte del salón, <diciéndole>"en este lugar hay muchos que te puedan gustar" y mostrándole la forma de abrir las enormes puertas de vidrio que protegían la colección..

Buscó, entre todos, algo que le pudiera agradar; encontrando uno, sobre la historia de la Gran Ciudad. Entregándole el libro <comentó> "Espero te agrade, es muy interesante. Además, MARION, quería disculparme por mi proceder de ayer. ¿Sabes?, al verte, recordé a una mujer de mi juventud, a quién quise mucho y nunca pude olvidar."Precisamente en ése momento, arribó MONICA, buscándola para salir de compras. Hubiera querido rechazar su invitación y continuar escuchando a JUAN MANUEL, pero decidió que después de la cena, le pediría que le continuara contando. Reservando el libro para leer en otro momento.

Saludando a su padre con un sonoro beso y suavemente empujando a MARION hacia la salida, quien reía de sus ocurrencias, se encaminaron hacia la puerta, encontrándose con el Abogado ALEJANDO ZUCARENO, quién venía a conferenciar con JUAN MANUEL al verlas se detuvo, saludando efusivamente a Mónica, la que no veía desde hacía varios meses.

Mirando a MARION, <dijo> ¡Vaya, vaya!, ¿esta linda amiguita tuya quien es? MARION MANGUAL, <respondió>. No gustándole como le hablaba, lo miró con desden, dándose vuelta se dirigió hacia la calle, refunfuñando de tal atrevimiento.

La alcanzó MONICA riéndose de su proceder, <le dijo>. "¿Sabes?, es muy engreído, le diste donde más le duele, ¡su ego! Te felicito, se lo merece, para él todas son iguales, pobrecito, ¡no sabe quién eres tú, MARION!" Satisfechas de haberle dado una lección al incansable Romeo; subieron al coche y se dirigieron rumbo a la ciudad.

)(30)(

Teniendo curiosidad por saber cómo seguía la dueña del local de su desmayo y poder ver el vestido de novia que había deslumbrado a MONICA, se dirigieron directamente al negocio, donde estuvieron el día anterior; el cual fue cerrado al arribar la ambulancia, para atender a la mujer.

Una empleada las recibió al ingresar al local; al indagarla sobre el estado de la propietaria <les contestó>, "la Señora VALERIA en estos momentos reposa en su residencia, desde hace años sufre del corazón y cualquier emoción fuerte le causa desmayos".

MARION, sintiendo ser la culpable por lo sucedido y expresando el deseo de enviarle flores, le pidió el nombre y la dirección de su domicilio."Le hará mucho bien a la SENORA PINEDA, le encantan las flores, especialmente lilas y jazmines" <respondió>, la empleada."Son, también mis preferidas, atinó a contestar MARION.

Habiéndose MONICA retirado, hacia los probadores, luciendo excepcionalmente hermosa, apareció en la sala.

El vestido de novia de una magnifica belleza; le daban un aspecto angelical. MARION al contemplarla, comenzó a llorar de alegría ¡al ver lo que inspiraba y creaba el amor!

Secándose las lágrimas, <pensó>, ¡"Algún día cuando llegue el amor deseado, podré vivir una experiencia igual!"

Envuelto el vestido, con todos los demás accesorios, listo para el viaje hacia CACERES, de improviso apareció la dueña del local. Había ordenado, le comunicaran inmediatamente, si estas dos señoritas, volvían por el negocio.

Demacrada por su estado, casi temblando, se acercó a ellas y con voz muy suave expresó el deseo de volverlas a ver.

Mirando a MARION, como solo una madre mira a su hija, le tomó su mano <diciéndole>, "Hace muchos años perdí mi única hija, ¡la he llorado tanto!, verte fue como verla a ella. " Te pido perdón por lo sucedido y espero sepas comprender.

Dirigiéndose a MONICA, <dijo>, "Es mi deber como creadora y diseñadora del vestido, estar presente en la boda, para vestir y ayudar a la novia. Por tal motivo, SENORITA AVOLEA, con su permiso, viajaré al su debido tiempo al lugar donde se celebrará su casamiento.

)(31)(

VALERIA PINEDA, al ver y sentir su nombre, reconoció a su hija. ¡Su corazón se lo decía! Esa hija que regaló presionada por su familia, en contra de sus propios sentimientos, a la que día a día recordaba, año tras año, confiando y esperando que Dios le brindara la oportunidad de volverla a ver. El momento había llegado, pese a su corazón ya débil de tanto sufrir; no estaba dispuesta a perderla nuevamente. Su padre y hermanos, decidieron su destino, como se acostumbraba en aquellos tiempos, obligando a VICENTE y CELESTINA a adoptarla y llevársela muy lejos.

Al amor de su vida JUAN MANUEL lo alejaron, ordenándole no acercarse a ella jamás. La casaron para cubrir la deshonra, cosa que no le importó. Su corazón y todo su ser, vivía y latía con su hija. Lo único que le quedaba de ella, eran sus primera ropitas, a las que contemplaba y besaba, con la desesperación de su ausencia.

La vida finalmente se acordó de ella, llevándose al que fuera su esposo, dejándola sola con sus recuerdos y dándole al fin su tan ansiada independencia.

Se dedicó entonces a coser y a diseñar vestidos de novia, volcando todo su amor, en cada uno de ellos. Se martirizaba por su debilidad ante su familia, por no haber luchado por su hija, su gran amor, todo lo que era suyo.

Así fueron pasando los años, en los que la rabia y la impotencia del pasado se convirtieron en sueños y esperanzas del presente.

¡Dios escuchó sus ruegos! ¡Finalmente el momento esperado y soñado había arribado, encontrar a su hija y a su amor perdidos!...

)(32)(

El DOCTOR ACUÑA al terminar de revisar a MARIANO mostrándose satisfecho <le dijo> ¡Estás perfectamente!, ya puedes regresar a tu trabajo, hazlo por pocas horas, no te esfuerces y toma las cosas con calma. Si sigues mi consejo en unos días te sentirás del todo bien".

Antes de retirarse, agradeció al DOCTOR los cuidados que le había dispensado. MAYINA, lo esperaba en el pasillo de la clínica, al verlo se le acercó.¿Todo está bien? <preguntó>. " ¡Excelente! <respondió >, él ".

Dirigiéndose hacia el coche; el que había adquirido hacía unos días, le abrió la puerta y la ayudó a subir. "He visto una casa para la venta que me interesa, ¿vienes conmigo a verla?,< preguntó>." "¡Por supuesto!, ¡para estas cosas las mujeres poseemos más talento que los hombres" contestó riéndose de su osadía.

Mirándola al mismo tiempo que le sonreía, <replicó>. "¡Bien, bien, veremos que verdad hay en todo eso".

Tomaron la ruta hacia la ZONA DEL BOSQUE, en donde el ondulante camino, entre las sierras, vadeaba el río. El panorama que los rodeaba era inmenso y encantador. Podían verse a la distancia, casas, graneros, fincas, dispersas sobre el valle como ramilletes de flores, que brotaban del suelo fértil. MARIANO, comentaba lo enamorado que estaba del aquel lugar, como su vida había cambiado y lo feliz que era. Tomó por un pequeño camino que conducía hacia un enorme cerro y en la explanada yacía la vivienda que buscaba. Se apearon del coche, y un hombre salió a su encuentro. La propiedad era pequeña, en muy buen estado, con una imponente vista del valle y sus montañas.

MARIANO fascinado de lo que veía, tomándole del brazo y mirándola muy dulcemente, <se jactó> "¿Qué decías de las mujeres y el buen gusto?".

MAYINA, en silencio contemplaba encantada el lugar. Era como si todo aquello, estuviera suspendido sobre el inmenso valle.

"¿Te gusta?, <le pregunto>". "¡Es precioso, sublime, espectacular!, te felicito MARIANO, por el buen gusto. Este lugar, te brindará la tranquilidad y la felicidad que buscas, <respondió> con tristeza".

)(33)(

Cuando regresaron de hacer compras, encontraron a JUAN MANUEL, esperándolas, con refrescos, en el patio. MONICA, excitada de las maravillas que había adquirido, abrazando a su padre <comentó> " ¡OH, papá, soy tan feliz!, gracias por ser tan bueno conmigo.". "¿Sabes?, la diseñadora de mi vestido de novia, viajará a CACERES, para ayudarme; pobrecita, sufre del corazón; vos vieras, al ver a MARION, se descompuso, diciendo que la hacía recordar a una hija que perdió, hace muchos años. Lo que más nos impresionó a las dos, es que tiene muchos rasgos similares a los de MARION "

Al escucharla, sus pensamientos lo remontaron a su juventud. "¿Sería posible que fuera VALERIA, que la vida los reuniera otra vez?". Sintiendo que su hija continuaba conversando sobre ella, <le preguntó>, ¿Dime, quien es esa señora de la que tanto hablas y que te a impresionado?

Su nombre es VALERIA PINEDA, y tiene un negocio para novias en la calle Principal. Todo su ser, tembló de angustia, al comprender que, debía confesar, cuanto antes a su hija; toda la verdad.

Cuando, las dos se retiraron hacia la casa, decidió allegarse al negocio. Tenía que hablar con ella, inmediatamente.

Durante el trayecto, la angustia se volvía ansiedad, al saber que ella, vivía. Le dijeron que había fallecido hace años, llorándola, por mucho tiempo, en silencio al no haberle podido pedirle perdón.

Se acercó a la vidriera, y al verla, todo su ser se contorsionó de ansiedad y desesperación. Empujó la puerta y entró. Al verlo, VALERIA, gritó su nombre y corrió a su encuentro.

Se abrazaron y llorando repetían sus nombres, queriendo recuperar los años de ausencia.

Así, abrazados, se retiraron al escritorio del negocio, cerrando la puerta, ante las miradas atónitas de los concurrentes.

Esa noche, MONICA y MARION, cenaban solas en el gran comedor, su padre había llamado, avisándole que asuntos personales lo mantendrían fuera por la noche, pero que lo esperaran por la mañana, porque tenía algo importante que informarles.

)(34)(

Estaban por comenzar a servir el desayuno, en el Restaurante, cuando llegó el Padre Tomas con la noticia que el Padre JACOBO, se había empeorado esa noche. El Doctor ACUÑA, les había informado que por sus años, aunado a su enfermedad, sólo, quedaba esperar que la Divina providencia lo amparara.

Todos recibieron la noticia, con inmensa pena; el Padre, había sido un ser muy bondadoso y generoso con toda la gente del pueblo. El que pudo se acercó a la Iglesia a orar por su alma.

Al mediodía, se supo que había fallecido. Muchos fieles se congregaron en la Capilla, para ofrecer las condolencias y participar en los preparativos de su velatorio. Se colocaron enormes cintas negras en la entrada a la capilla; el municipio declaró duelo, cerrando sus puertas, exhortando a todos a adherirse en respeto al sacerdote; quién, había dado tanto al pueblo de CACERES y sus habitantes.

Los Padres STANISLAUS y TOMAS, sufriendo con pena, la partida de su mentor, preparaban los servicios religiosos que se iban a realizar. Deseando que todo fuera hecho, con la mayor humildad y respeto. Para eso, prepararon la capilla ardiente, solo con candelabros y una cruz del Señor, en donde su cuerpo, descansaría por dos días.

En el Hotel, se percibía la pena por lo ocurrido, aunque se trataba de que todo marchara igual, por el bienestar de los visitantes. MAYINA, aparentaba tranquilidad, cuando en realidad, sufría por el Padre JACOBO, a quien adoraba; lamentaba, el no haber podido despedirse y agradecerle todo lo que hizo por ella.

Más que nunca, extrañaba a su hermana, la que no podía ser informada de lo que sucedía. Esperaba su retorno para el domingo, llegando a tiempo para los funerales. DARIO, por su parte, ocupado en la supervisión del negocio, mantenía todo en orden, para cuando MARION arribara.

MARIANO, continuaba trabajando pocas horas en la Zona del Bosque y en los preparativos de adquirir la casa de la colina. Esto, inspiraba en MAYINA temores. Su vida había cambiado tanto desde su llegada; descubriendo nuevas facetas de lo que era el Amor. Cuando él se marchara; la envolvería el manto de la desolación, por algo que quiso, pero no pudo ser.

)(35)(

Esperando la llegada de su padre, Esa mañana MONICA, invitó a MARION a desayunar en la terraza. La casona vibraba de colores, con sus flores y enredaderas. Las glicinas y jazmines, enmarcaban la pérgola, en donde picaflores danzaban de flor en flor. Todo era color y vida, en el jardín. MARION, admirando a su alrededor, <comentó>, "¡Hermoso lugar!, inspira Paz y tranquilidad." "Gracias, <respondió MONICA>, Mamá, solía pasarse horas, sentada contemplando las flores; me recuerda mucho a ella. ¿Sabes?, siempre fue muy callada, nada la hacía feliz. Papá, trataba de darle todo; había algo en ella, que nunca pude entender. Muchas veces, la sentí hablar de alguien, la que la hacía llorar."

"Que pena, <comentó> MARION, que tuviera una vida tan triste. Todo aquí, es tan diferente a nuestro pueblo."

En eso, entró la empleada trayendo un telegrama, enviado por MARIANO; informándoles de lo ocurrido al Padre JACOBO.

Al conocer la noticia, MARION, comenzó a llorar.

MONICA, consolándola, <preguntó>, "¿ Quieres que regresemos antes? Los funerales están programados para el Domingo por la mañana""Te lo agradecería con todo mi corazón <respondió> secándose las lagrimas. Además, hemos completado todo lo referente a lo de tu casamiento". "Podríamos partir mañana, así llegaremos al atardecer, <agregó> MONICA; será mejor que empecemos a empacar."

Se dirigían hacia el interior de la casona, cuando JUAN MANUEL y VALERIA , aparecieron por la entrada. Las dos se miraron sorprendidas al verlos juntos, ¡tomados de las manos!

¡"Buenos días!, saludaron, los dos . Ellas, como estatuas heladas por el tiempo, no salían del asombro. Rompiendo el silencio, JUAN MANUEL y mirando a MONICA,<dijo>.

"Hija, cuando somos jóvenes, cometemos faltas, pecamos, abusamos de la vida; pensando que tienen principio y final. Pero, al pasar de los años, con sorpresa comprendemos, que todos nuestros errores, se entrelazan de tal forma, que solo el destino se encarga de revelar" "Papá, no entiendo, lo que tratas de decirme".

"MONICA, yo cometí muchos errores cuando joven, por inmadurez, miedo, cobardía. "VALERIA, representó el Amor para mi; la perdí, cuando era muy joven, por no saber defender lo que representaba en mi vida. Hoy, gracias a ti y al destino, ¡la encontré nuevamente! ¿Te das cuenta, hija?"

"Realmente no, papá, ¿entonces mamá, que fue en tu vida?"

"Hija, tu mamá, fue una mujer muy buena; sufrida por errores de su juventud, a los que yo, traté de amenguar y de los que pronto, finalmente podré aclarar."

"Papá, cuánto me alegro que hayas encontrado a VALERIA, y tú también puedas ser feliz. Siempre presentí que, mamá, no era feliz. Quise saber los motivos, pero nunca confió en mí. Lo que guardaba en su corazón, se lo llevó, al morir; trató de ser una buena madre, a la que quise muchísimo. No puedo ni quiero juzgarte, pues has sido un excelente padre conmigo".

Durante este tiempo, MARION, escuchaba la conversación, sin comprender nada, de lo que sucedía. Pensando que no era realmente parte de ella, se retiró apresuradamente.

MONICA, casi en reproche,<agregó> "Podrías haber esperado, en otro momento, para confesar todo esto, papá. Cuando arribaste, salíamos a preparar nuestras cosas, para regresar a CACERES, mañana. Recibí un telegrama de MARIANO, informándonos del fallecimiento del Padre JACOBO".

"Cuanto lo siento, hija, mi ansiedad y alegría de contarte, no me di cuenta. Además, MARION, es parte de esta historia"

"Mira MONICA, no se si hago bien o mal, en confiarte todo, ahora; Dios sabe que no quiero causarte dolor alguno; pero VALERIA, ha sufrido toda su vida, mi cobardía"

"Papá, de qué hablas, ¿que tiene que ver MARION, en todo esto?

"Trataré de ser compasionado contigo; de nuestra unión, nació una niña, que VALERIA adoraba, su padre y hermanos, bajo las reglas estrictas de la sociedad, de aquellos tiempos, la obligaron a que la diera en adopción. Obligando a VICENTE y CELESTINA MANGUAL, que se la llevaran muy lejos. Inmediatamente, la obligaron a casarse con un hombre al que ni conocía. A mi, me informaron que VALERIA había fallecido, por lo que al conocer a tu madre, le ofrecí matrimonio."

MONICA, entumecida por la confesión de su padre, atinaba sólo a cubrirse la boca, para no gritar.

Su padre, tomándola de los hombros < dijo>,"hija mía, debes entender cuantos años de sufrimiento hemos pasado; es hora que encontremos un poco de paz. Perdóname, cuando llegaste, al verla, al conocer su nombre, supe que era mi hija; ¡MARION MANGUAL es, tu hermana!

"Tanto tu madre como yo, hemos sufrido nuestros errores, los dos llegamos al matrimonio con culpas. Sólo quiero que entiendas y comprendas."

Solo atinaba a decir" ¿MARION, es mi hermana?, ¡mi hermana! Confundida, en silencio, dio media vuelta, retirándose, hacia el interior de la casona.

)(37)(

Esa noche, DARIO decidió, cerrar el Restaurante más temprano, Se realizaban los Servicios Funerales al Padre JACOBO, en los que todos querían participar. A la mañana siguiente; después de la misa, seria enterrado en el cementerio local.

MARIANO, acercándose a la Conserjería del Hotel; preguntó a SARA, dónde podría encontrar a MAYINA. Desde hacía algunos días, casi no la veía, Quería invitarla para asistir juntos a los Servicios y compartir con ella, su alegría de ser el flamante propietario de la casa en la Colina.

Dirigiéndose al lugar que ésta, le indicara; la encontró en el escritorio, con DARIO. Los saludó y abrazándola, le expresó cuánto la había extrañado. Terminado de ordenar los libros, salieron camino hacia los jardines.

Notando su silencio, MARIANO <preguntó> ¿Sucede algo, MAYINA, parecería que me huyes? Hace días que no charlamos, y extraño tremendamente el no verte""He estado muy ocupada, además, es mejor así". Quiero acostumbrarme para cuando te mudes a tu casa"<alcanzó a decir>.

Presentía que iba a llorar; haciendo un esfuerzo, <dijo> "Me he acostumbrado a tu presencia, a las caminatas por las tardes, en fin, mi vida cambió completamente desde hace algunos meses; ahora la soledad, será nuevamente, mi compañera".

Tomándola del brazo, <le dijo> "¿que piensas, que no me verás más? Pienso continuar visitándote, ¡si tu lo quieres!"

"No se MARIANO, estoy muy confundida, tengo mucho miedo. Además han sucedido cosas, que me abruman y no se como resolver"

"¿Porque no confías en mi? ¿o es que no me he ganado tu confianza?; ven, sentémonos así me cuentas" <dijo él>.

"Quisiera contarte para desahogar mi angustia, para que tú me ayudes, aunque el Padre STANISLAUS y DARIO, me aconsejan que deje todo en manos de Dios, que no me angustie; pero ya no puedo más, MARIANO"."Estas semanas han sido un suplicio para mi. Sin querer, descubrí un secreto que mis padres nunca revelaron y ahora mi dilema es hacerlo saber o callar"

"MAYINA, debe ser algo muy penoso, para que te martirices así; si decides compartirlo, te prometo ayudarte y respetar tu confianza." La besó muy tiernamente su mejilla y tomándole su mano, se encaminaron en dirección a la Iglesia.

La noche cubría el lugar, con su manto templado y acogedor, grillos y linternas, comenzaban sus cantos y danzas nocturnales y del campanario, escapaban los llamados a sus fieles, a orar.

)(38)(

Mientras en el pueblo, MAYINA y MARIANO, trataban de encontrar sus emocionales caminos; en la Gran Ciudad MONICA, JUAN MANUEL y VALERIA, descubrían los nuevos senderos; que la vida y el destino, habían ido entrelazando a través de los años.

Esa noche durante la cena; el silencio gobernaba en el Gran comedor de la casona.

MARION, no sabiendo lo que había sucedido esa tarde en la terraza, rompiendo el silencio <comentó> "Debe ser muy hermoso, reencontrarse, después de tantos años y continuar con los mismos sentimientos" Pensar que fuimos nosotras las que ayudamos al destino, para que se realizara."

"¡No MARION, nosotras no, MONICA <replicó>, fuiste tú!"

JUAN MANUEL, interrumpiendo <agregó>, "Hija, no importa quién fue, la realidad es que sucedió, y eso nos llena de felicidad." MONICA, con fastidio y amargura; no queriendo ser la que revelara el resto de la historia, <dijo> " Anda, papá, ¿porqué no terminas de contarnos lo referente a tu juventud?","No creo que sea el momento apropiado", <dijo> mirando a VALERIA; quien al escuchar el pedido, palideció y comenzó a temblar.

"Si, por favor <rogó> MARION, mañana regresamos a CACERES, y me encantaría saber el resto de la historia"

"Es la parte más triste, que VALERIA, no creo quiera comentar", <respondió."

Sacando fuerzas de lo más profundo de su ser <replicó> "La vida nos da y nos quita muchas cosas queridas; por fin, me da la oportunidad que tanto he esperado; de recuperar algo que perdí y por la cual he sufrido y llorado mucho."

Levantándose, se dirigió a la Gran Sala, en busca de su cartera.

MARION, no comprendiendo el significado de sus palabras, mirando a JUAN MANUEL, <preguntó> "¿No entiendo, hice mal en preguntar y querer saber?"

"No creo MARION, sólo que, al saber el resto de la historia; te causará pena, desilusión, amargura.""No comprendo, ¿a mi, porqué?

Regresando VALERIA con un pequeño paquete, lo depositó sobre la mesa y mirándola, con lágrimas en sus ojos <le dijo> "Mira, eran de mi bebé; la hija que perdí; que me quitaron a las horas de nacer, mi padre y mis hermanos; dándosela a unos desconocidos, así el deshonor de la familia, quedaría olvidado."

Sacando un sobre, se lo pasó a MARION. "Toma, mi pequeña <le dijo>;esta carta, la he guardado con todo mi amor y pena a través de los años."

Con angustia y miedo, comenzó a leer; cubriéndose su cara, comenzó a sollozar.

)(39)(

Amanecía en la Gran Ciudad, la bruma de la noche subsistía a los primeros rayos de luz, algunas estrellas, desafiando al poderoso sol, continuaban titilando en la inmensidad del Universo. JUAN MANUEL y VALERIA, continuaban en el Gran Comedor, abrumados por lo ocurrido. MARION y MONICA, se habían retirado a sus dormitorios, después de la larga y penosa conversación.

Cuando finalmente, las dos, bajaron a desayunar, encontraron que ellos aun continuaban levantados. Al verlas, se acercaron ansiosos a saludarlas; sentían gran pena, por ser los causantes de tantas amarguras.

MARION, después de saludar, <dijo> "La revelación de mi pasado, aunque penoso, no altera en absoluto mis sentimientos hacia mis queridos padres, ni a mi adorada hermana MAYINA. Me halaga el saber que nací del amor; feliz, que la vida me brindara una familia sin distinciones, honrada, la que me dio mucho amor. Mis padres tienen mi eterno cariño y veneración; supieron ganárselo. Ustedes, al recuperar lo que tanto añoraron, se les abre ahora, las puertas hacia un futuro feliz. Realmente lamento todo lo que han sufrido, lo que Usted VALERIA, pasó día a día pensando, sufriendo la ausencia de su niña. Para mí, un documento, una confesión, no representa nada. Con MONICA, los lazos que nos unen comenzaron, mucho antes de conocer nuestro parentesco. Les pido me comprendan y entiendan; ahora, mi agonía es MAYINA y cuál será su reacción cuando sepa la verdad. Lo demás, el tiempo lo dirá." Diciendo esto, abrazó a todos, agradeciendo a JUAN MANUEL por su hospitalidad, expresando su deseo de retornar a CACERES.

Habiendo cargado el coche, lista para salir, MONICA, le recordó a su padre, la conferencia que daría el Comisario CARUSSO.

Éste, mirando a MARION, <dijo> "Habría que reservar hospedaje en tu Hotel, MARION, ¿Crees que será posible, hija?" "Con todo placer, los esperamos en un par de días <respondió>;" secando las lágrimas que brotaban de sus ojos.

)(40)(

Una vez finalizados los Servicios Religiosos, tomados de la mano, de regreso hacia el Restaurante, MAYINA <dijo> a MARIANO, "sólo tres personas han compartido mis sueños, ilusiones, alegrías y amarguras en mi vida; TERESA, DARIO y MARION. Nuestra amistad nos ha llevado a conocernos profundamente cómo somos y pensamos; me has brindado tu ayuda en estos momentos de angustias, la que desesperadamente necesito."

Al llegar al Hotel, se dirigieron directamente al cuarto de MAYINA, de dónde extrajo entre unas ropas, la cajita de música. Sacó la vieja carta y entregándosela <le dijo>

"tienes que prometerme, que al leerla guardarás el secreto hasta que Dios disponga lo contrario"

Salieron de la habitación, sentándose en la galería, bajo una luz, MARIANO, leyó la carta y el documento. En silencio, pasaron algunos minutos, a los que él, cerrando la carta <respondió>"aquí esta mi respuesta, a lo que mi padre comentó hace años, ése alguien tan querido, ¡es MARION, su hija, mi hermana!" "¡Perdóname, MARIANO, ahora sabes el porqué de mis angustias¡"

Tomándola entre sus brazos, mirándola profundamente <dijo> "Tontita adorada, conociendo a MARION cómo es, ¿crees que a ella esto le puede importar?, el cariño que mutuamente se profesan, la unidad que existe entre ustedes dos, ¡nada lo puede destruir! ¡Lo que realmente vale es lo que se lleva, siente, vive en el corazón, MAYINA!"

"No te tortures más, mi ángel, ya verás cómo todo se soluciona. Debes seguir los consejos de quienes te aman. ¡No dejes que este pasado, te perjudique tu presente! No debemos juzgar a quienes pecaron, solo aceptar la realidad."

"Hoy la vida, me regaló algo hermoso, ¡una hermana! ¿Ves, como la vida nos da algo nuevo, fascinante cada día? "

Besándola muy suavemente en la mejilla, <susurró>, "agradezco inmensamente que confiaras en mí, ven regresemos al Hotel."

)(41)(

La despedida las había sumido en el silencio, conducían por la carretera hacia las montañas; atrás quedaba la Gran Ciudad, con su diferente vida, el ruido de la urbe, el puerto, su gente. Regresaban al pueblo, donde todo, era distinto. A MONICA, la esperaba su prometido y su nueva vida; a MARION, su hermana y el Restaurante. Los días pasados en la residencia de los AVOLEA, le habían marcado su corazón y su alma, con sentimientos nunca antes vividos, deseando no regresar jamás. Su vida estaba en CACERES; allí creció y pensaba morir en su querido pueblo; en donde no existía las intrigas, mentiras, secretos. En su mente solo rondaba la idea sobre MAYINA, ¡su querida hermana!, lo único que la llenaba de alegría y paz.

Desde las montañas, el panorama era maravilloso; el valle cubierto por nubes que se formaban con el calor y la humedad del lugar, dejando visible la cumbres más altas. A la distancia, se podía ver el camino, como una serpentina, que en partes desaparecía entre la nubosidad del momento, creando la ilusión al guiar, de planear entre sus laderas.

MONICA, fue la primera en quebrar el silencio, <preguntando> ¿Qué piensas MARION? a lo que ésta, <responde> "en todo lo sucedido en la Gran Ciudad. Me apena el haber sido la causa de tanto dolor y sufrimiento. Pienso que, por miedo a perderme, mis padres callaron esta verdad."

"Admiro tu noble corazón, tus buenos sentimientos, la capacidad de perdonar, MARION; me enorgullece ser parte de tu vida. Quería preguntarte algo, muy importante para mí; ¿quisieras ser la madrina en mi casamiento?"

"¡Me honras con el pedido; lo haré con mucho placer!"

Arribaron tarde al pueblo, encontrando que todos participaban en los Servicios Religiosos, SARA y CARMELA, las recibieron con gran regocijo. Decidieron desempacar y esperar la finalización de la misa; para sorprenderlos de su llegada.

Estaban en la entrada del hotel, cuando sintieron las queridas voces, que ya regresaban.

Entraron DARIO y TERESA; al verlas, corrieron a saludarlas, MONICA, abrazada a su enamorado, repetía cuánto lo había extrañado; luego, llegaron MAYINA y MARIANO, sumándose a la bienvenida. MARION, llorando, abrazó a su hermana, <diciéndole> "¡No sabes lo que te he extrañado, MAYINA!, unos pocos días, que me parecieron ¡siglos! Tengo mucho para comentarte"

"Yo también, MARION; ¡me hace muy feliz verte de regreso!

Casi a la medianoche, agotados por la jornada que habían vivido, decidieron retirarse para descansar.

)(42)(

El pueblo se había congregado en su totalidad, esa mañana en la Iglesia; queriendo participar y decir su último adiós al Padre JACOBO. Una vez finalizados los Servicios Religiosos, llevaron sus restos al cementerio local, en dónde fueron depositados en una fosa, preparada para su eterno descanso. Concluidos éstos; la mayoría retornó a sus quehaceres dominicales, quedando un grupo para ayudar en la capilla ardiente.

DARIO y MONICA, para disfrutar del hermoso día, decidieron salir a cabalgar por los alrededores del pueblo. MARION y MAYINA, se reunieron en el escritorio a conversar los pormenores ocurridos de los últimos días.

"Cuéntame, MARION, ¿como te fue en la Gran Ciudad?" <preguntó> MAYINA, con ansiedad.

Dejando de lado sus papeles <contestó> "El viaje fue muy lindo, conocí los alrededores de la ciudad, la casona de los AVOLEA, disfruté el salir de compras con MONICA; en fin, fue placentero. Pero cuéntame, ¿cómo andan tus cosas? Me fui muy intranquila, al verte tan angustiada; ¿te sientes mejor, ya pasó?"

"Me siento mejor después, que hablé con MARIANO, me tranquilizó un poco; te prometo te lo haré saber. Además, ¿sabes?, adquirió la propiedad que fuimos a ver en la Zona del Bosque y eso me llena de tristeza."

"¿Porqué te entristece MAYINA, acaso hay algo más?"

"MARION, me he enamorado locamente de él, ¿te das cuenta?, si se va, no lo veré más."

"Mi eterna soñadora, ¡finalmente llegó el príncipe esperado, a tú vida. Me haces inmensamente feliz!"

"¡No comprendes, MARION, él no lo sabe! "<respondió>entre sollozos!. 'Deja que el tiempo, le enseñe lo que ha nacido dentro de ti, por ahora cálmate y dime ¿que es lo que tienes que contarme?" "Perdóname MARION, no creo que pueda en estos momentos."

"Entonces, te confesaré lo que supe, estando en casa de JUAN MANUEL; sentándose a su lado y tomándole las manos, la miró muy seriamente, con lágrimas en sus ojos <le dijo>   "Pero antes deseo decirte que, por la memoria de nuestros padres, nada ha cambiado en mis sentimientos, ¿me entiendes? Nada ni nadie podrá jamás, hacerme que cambie lo que siento por ti.""MARION, no te entiendo, ¿que quieres decir?"Deja que termine, por favor, es muy penoso, pero es la realidad"

)(43)(

Una vez que MARION, terminara de contarle a su hermana, la historia de su nacimiento; se abrazaron y lloraron juntas al saber que el amor que las unía, era más fuerte, que la realidad. No interesaba que un papel dijera lo contrario, sus almas, seguirían aunadas gracias al cariño y la igualdad que recibieron de sus padres.

Una vez calmadas, sin angustias y llenas de paz, salieron del escritorio, para reunirse en el comedor. Allí, las esperaban MARIANO, DARIO, TERESA, MONICA y los dos sacerdotes, que al verlas, las invitaron a sentarse a su mesa.

MARIANO, se notaba nervioso, inquieto, a lo que MAYINA, <preguntó> "¿Sucede algo, te noto extraño?"

"Sucede, que es la primera vez que lo hago" <respondió>, levantándose y arrodillándose a su lado.

"¿MARIANO, qué haces, te sientes mal, que tienes?"

"Estoy enfermo, muy enfermo y mi única salvación eres tú" <le dijo> sacando un pequeño estuche.

Mirándola con amor, tomándole su mano,<dijo> " ¡Ante Dios y la familia, te pido que seas mi esposa, adorada mía!"

Esperando la respuesta y ante la expectación de los presentes, MAYINA, que no salía de su asombro; extendió su dedo anular y mirándolo,<respondió> "Ante Dios y todos los presentes, acepto ser tu esposa, amor mío!

Sellando la mutua promesa realizada ante todos los presentes; se besaron con infinita ternura y amor a lo cual todos respondieron con aplausos y felicitaciones para los dos.

Al mismo tiempo, entregándole unos papeles a MAYINA, <le dijo> "Toda princesa, necesita un castillo; aunque por ahora es pequeño, con el tiempo y nuestro amor, crecerá en sus dominios". Con sorpresa y alegría, al mirar los documentos, comprobó que eran los títulos de la propiedad sobre la colina, a nombre de los dos."MARIANO,¡cuantas hermosas sorpresas!, pensé que tu no sabías de mis sentimientos" "Desde el primer día que te vi, supe que la vida nos uniría para siempre. Te amo MAYINA, con todo mi ser, como se quiere solo una vez; haciéndome el hombre más feliz, al aceptarme ".

"Gracias mi amor, por hacerme tan dichosa"

)(44)(

Disfrutaron la cena, entre el júbilo del momento y los planes del futuro. Ya sólo quedaban ellos en el comedor, cuando entraron JUAN MANUEL, VALERIA y el Abogado ALEJANDRO ZUCARENO. Todos habían viajado, para asistir a la Conferencia anunciada sobre el atentado.

Una vez concluidas las presentaciones necesarias, ALEJANDRO, se acercó a MARION que, mirándolo con recelo,<le dijo> "perdón por mi atrevimiento, pero creo que usted, no sabe distinguir a las personas, mejor dicho a las mujeres, en este pueblo, nos tratamos con dignidad y respeto"

A lo que <respondió> Señorita MARION, mis disculpas por mi grosería, al verla comprendí cuan diferente es usted; por favor, le pido me perdone". Besándole su mano, sellaban el comienzo de una nueva amistad.

Antes de retirarse, JUAN MANUEL, les pidió a MONICA y MARIANO, que se acercaran a su dormitorio; pues tenía algo importante que discutir.

Camino al cuarto de su padre, los dos, comentaban qué sería tan importante, que no pudiera esperar. Golpearon la puerta, y al abrir, les permitió entrar. Con nerviosismo y pidiéndoles que no lo interrumpieran, comenzó a decirles;

"Hijos, en los últimos días, han sucedido hechos, que nos han dado angustias y placeres.

No sé si MONICA, te habrá contado lo que sucedió en nuestra casona, con la llegada de MARION, pero quedó algo de aclarar, contigo MARIANO y ha llegado la hora que lo sepas."

"Quiero ser yo quién te lo diga, ya que mañana durante la Conferencia tendrás la prueba de lo que te comentaré."

"Cuando conocí a tu madre, llegó al matrimonio con un pequeño niño de menos de un año, la vida la había tratado mal, dejándola sola, con dos varones; idénticos gemelos. Se los iban a quitar; no se cómo, pero pudo escapar, llevándose sólo a uno, tú MARIANO; el otro no lo volvió a ver, hasta muchos años después."

"Mi culpa fue el no decirte la verdad, para no herirte y herir a tu madre. Te criamos como nuestro hijo, aunque tu madre, nunca dejó de vivir angustiada y con miedo, ya que tu otro hermano, vivió siempre por el mal camino, abuzándose de nuestra posición, nos exigía dinero por su silencio. Callé, todo este tiempo, sólo por tu madre; no creas que fue fácil, mantenerlo alejado.'

"Es un hombre malo, sin escrúpulos, resentido que fueras tú y no él, quien gozara de una familia y demás."Te pido me perdones, por ser hoy, cuando finalmente puedo hacerlo. Te he dado todo mi cariño, mí amor, de padre, como si fueras mío, ¡Perdóname, por favor!"

Sin titubear, MARIANO, abrazó a su padre, <diciéndole> "Gracias, padre te doy por todo lo que me distes, no soy yo quien deba disculparte o juzgarte, sólo debo agradecerte que me hayas brindado tu nombre y hogar." Ahora comprendo a nuestra querida madre, cuánto debe haber sufrido, espero que Dios le de paz, ya que siempre tendrá mi gratitud y amor"

MONICA, en silencio, escuchaba a su padre relatar su historia. Para ella, los lazos del amor en la familia, no podían ser destruidos con lo que la vida entrelazó a través de los años. Solo importaba aceptar lo que el destino había marcado; dejando en el olvido, todo lo pasado.

No queriendo conocer más sobre lo ocurrido, besó a su padre y hermano, retirándose a descansar.

)(45)(

El Comisario CARUSSO, listo para comenzar la conferencia, se presentó en compañía del Cabo ARONCA y del Agente PUERTA, donde lo esperaba una gran cantidad de gente, para saber el resultado de las investigaciones del atentado.

Dirigiéndose a los presentes <dijo> "Como servidor público, debo hacerles saber, en un informe conciso y explicativo, lo que hasta el momento hemos recopilado. El atentado contra Don JAVIER MOLINA y Abogado MARIANO AVOLEA, fue llevado a cabo, por una banda de malhechores, dirigidos por su jefe, el reo LEANDRO QUESADA; quienes buscando venganza, llegaron al pueblo, con el objeto de conocer los diarios movimientos del damnificado. Como sabrán, pudimos aprehenderlos gracias a las informaciones recibidas y a la perseverancia de las autoridades. Una vez finalizada, la conferencia, serán transportados hacia la Gran Ciudad para su enjuiciamiento. Por último, debo recordarles, que es el deber de todos, el continuar manteniendo la tranquilidad y la vida placentera de nuestro pueblo."

Aproximándose a MARIANO, le indicó que se acercara a su oficina; habiendo algo personal que debería discutir con él, sobre lo explicado. Respondiendo a los deseos del Comisario, MARIANO y el resto del grupo, se dirigieron hacia al despacho.

Allí sentado junto a dos guardias, se encontraba LEANDRO QUESADA, quien al verlos, quiso con furia, embestir al grupo.

Una vez controlado, mirando a su hermano gemelo, <gritó> "¡Te odio, te he odiado toda mi vida, no descansaré hasta que te vea muerto; tuviste todo en la vida y yo tuve que mendigar para vivir!"

En silencio el grupo, presenciaba lo más inaudito de sus vidas, allí juntos, los dos idénticos hermanos, que el destino cuando niños, había separado; se enfrentaban por primera vez.

)(FIN)(

Mi eterno agradecimiento para

MARIA DE LOS ANGELES ROCCATO,

(Ángeles); quien con su paciencia, esfuerzo,
dedicación y conocimientos hizo posible la
composición de la misma.